KB115303

변혁 1990

7

천지무천 장편소설

FUSION FANTASTIC STORY

변혁 1990 7권

천지무천 장편 소설

초판 1쇄 찍은 날 § 2014년 7월 25일
초판 1쇄 펴낸 날 § 2014년 8월 1일

지은이 § 천지무천
펴낸이 § 서경석

편집부장 § 권태완
편집책임 § 박은정

펴낸곳 § 도서출판 청어람
등록번호 § 제1081-1-89호
등록일자 § 1999. 5. 31
어람번호 § 제1-1901호

주소 § 경기도 부천시 원미구 심곡2동 163-2 서경B/D 3F (우) 420-822
전화 § 032-656-4452 팩스 § 032-656-4453
http://www.chungeoram.com
E-mail § chungeorambook@daum.net

ISBN 979-11-316-9128-1 04810
ISBN 978-89-251-3388-1 (세트)

변혁
1990

천지무천 장편소설

7

FUSION FANTASTIC STORY

Contents

Chapter 1

차태석의 움직임은 일체의 군더더기가 없었다.

하지만 처음 그와 대결을 벌이던 이전의 내가 아니다.

차태석보다 더 무서운 인물의 공격을 막아낸 경험이 있다.

이제는 피하지 않았다. 아니, 피하고 싶지 않았다.

그의 공격을 옆으로 피하자마자 바로 몸을 돌려 발차기를 날렸다.

너무나 빠른 반격에 차태석은 황급히 뒤로 물러났다.

"허어! 제법인데?"

아쉽게도 공격은 성공하지 못했다. 하지만 차태석의 표정이 달라진 것이 느껴졌다.

"너에게 칭찬을 들으려고 한 공격이 아니다. 너를 쓰러뜨리려고 한 것이지."

나는 말이 끝나자마자 몸을 날렸다.

"그……."

무언가 말을 꺼내려던 차태석은 날아오는 주먹을 피하기 위해 왼쪽으로 고개를 돌렸다.

그 순간 나는 앞으로 몸을 내밀며 차태석에게 배운 팔꿈치 공격을 가했다.

부— 웅!

공기를 가르는 소리와 함께 한 매서운 공격은 UFC의 엘보우 공격과 유사했다.

연속된 공격에도 차태석은 몸을 좌우로 움직이며 나의 공격을 흘렸다.

하지만 공격은 그것에 그치지 않았다.

한 번 더 몸을 회전하면서 오른쪽 팔꿈치로 차태석의 면상을 노렸다.

퍽!

"크윽!"

차태석은 연속된 세 번의 공격을 다 피하지 못했다.

주르륵!

그는 오른쪽으로 미끄러지며 휘청거렸다.

자신의 공격을 응용하여 내가 사용할 줄을 전혀 몰랐던 것이다.

더구나 연속된 동작으로 이어지는 기술은 차태석의 공격을 더 발전시킨 것이다.

"이 새끼가……."

중심을 잡자마자 차태석의 입에서 거친 말이 흘러나왔다.

하나 그의 입을 그대로 열게 두지 않았다.

나는 그대로 몸을 날려서 무릎 공격을 가했다. 무에타이와 UFC에 볼 수 있는 플라잉 니킥이다.

무에타이 국내 챔피언 벨트를 가지고 있는 인물에게서 배운 기술이다.

그에게 도전했다가 그길로 그대로 골로 갈 뻔했다.

한 번이 아닌 연속된 무릎 공격이었다.

차태석이 손을 들어 왼쪽 무릎을 막는 사이 오른쪽 무릎이 그의 턱을 파고들었다.

"윽! 널 죽이려……."

연속된 공격에 차태석의 몸이 흔들렸다.

차태석은 분한 마음 때문인지 입을 열려고 했지만 내가

가만있지 않았다.

뒤로 물러나려는 차태석의 목을 부여잡고는 대각선으로 엘보우(팔꿈치 가격) 공격을 가했다.

그리고는 몸을 아래로 숙여 허리를 잡고서는 힘을 주어 차태석을 쓰러뜨렸다.

사실 아직까지 차태석을 압도할 만한 실력은 없었다.

그럼에도 내가 그를 쓰러뜨릴 수 있었던 것은 도운처럼 차태석도 너무 자만하고 방심한 결과였다.

내가 사용한 방법들은 차태석이 당황할 정도로 변칙적인 공격이었다.

계속 타격 공격만 가하면 나중에는 차태석의 반격을 받게 될 것 같았다.

차태석은 바닥에 눕자 손을 들어 내 얼굴을 가격하려고 했다.

하지만 그 팔을 다리로 휘감아 버렸다.

나의 양다리는 차태석의 가슴 쪽으로 올라갔고, 내 양손에 잡힌 차태석의 손은 몸을 지렛대로 이용하여 반대방향으로 꺾어버렸다.

차태석의 엄지손가락이 하늘로 향했다.

제대로 기술이 들어간 상태이다.

차태석에게 이종격투기의 기술인 암바(팔 가로누워 꺾기)

를 건 것이다.

나는 가차없이 힘을 주었다.

으득!

무언가 끊어져 나가는 소리가 들렸다.

"아악!"

차태석은 비명을 질렀다.

누군가에게 항상 고통을 안겨주던 인물의 입에서 고통스런 비명이 나온 것이다.

차태석의 왼팔이 바지춤에서 뭔가를 꺼내 들었다. 손에 잡힌 것은 날카로운 단검이었다.

그의 몸을 꼼짝 못하게 하는 내 다리를 향해 단검을 휘둘렀다.

나는 재빨리 그의 몸에서 떨어질 수밖에 없었다.

축 늘어진 오른팔을 부여잡고 일어나는 차태석의 눈은 분노로 이글거렸다.

아니, 지금의 상황을 믿지 못하겠다는 표정이다.

"일부러 실력을 내보이지 않았냐?"

처음 차태석과 마주쳤을 때 나는 그의 상대가 아니었다.

"죽음을 경험하게 되면 그 순간부터 모든 것이 달라지지. 이젠 끝을 봐야겠지?"

차태석과 마주한 순간부터 알 수 없는 무언가에 잠식당

하듯이 투쟁 본능이 끓어올랐다.

그를 쓰러뜨리고 싶은 욕구는 싸우면서 더욱 커졌다.

"크크! 이대로 끝을 내자고? 아니, 그럴 수는 없다."

차태석은 말을 마치는 순간, 들고 있던 단검을 나를 향해 던졌다.

내가 고개를 숙여 단검을 피하는 사이, 차태석은 뒤를 돌아 산비탈을 맹렬하게 내달렸다.

오른손을 쓸 수 없는 상태에서는 나를 상대할 수 없었다.

나 또한 곧장 그를 뒤따랐다.

차태석을 놓치면 가족들과 친구들이 위험할 수 있었다.

달아나는 차태석은 빨랐다. 하지만 얼마 되지 않아서 그를 따라잡을 수 있었다.

그동안 꾸준히 해온 훈련의 결과였다.

달려 내려가는 속력을 이용하여 그대로 몸을 날렸다.

차태석은 당황한 모습으로 간신히 고개를 숙여서 내 공격을 피했다.

하나 공격은 거기서 멈추지 않았다.

차태석의 앞쪽에 있는 소나무를 발판 삼아서 다시금 차태석에게 몸을 돌렸다.

완벽한 삼단차기였다.

발끝에 묵직한 느낌이 전달되었다.

퍽!

그와 동시에 둔탁한 소리가 들려왔다.

"컥!"

그리고 외마디 비명이 터져 나왔다.

차태석의 몸은 그대로 옆으로 쓰러지면서 산비탈을 빠르게 굴렀다.

쿵!

그의 차태석은 얼마 가지 못해서 아래쪽에 있는 커다란 바위와 충돌했다.

그는 바위와 충돌 후 몇 번 몸을 꿈틀거렸다.

그리고 그대로 정신을 잃었다. 목 주변과 허리에 큰 충격을 받은 모습이다.

목숨을 부지한다 해도 불구의 몸이 되어 평생 걷지 못할 것이 분명했다.

나는 차태석을 동정하지 않았다.

가족과 친구의 목숨을 위협하는 인물은 절대로 용서할 수가 없었다.

등산로에서 얼마 떨어지지 않은 곳이라 차태석은 지나가는 사람에 의해서 발견될 것이다.

하지만 그 시간이 얼마나 걸리느냐에 따라서 그의 목숨이 달라질 수 있었다.

누가 보더라도 차태석은 등산로가 아닌 곳을 내려오다가 사고를 당한 모습이다.

잠시 그를 바라보다 나는 발걸음을 옮겼다.

강해지지 않았다면 비참하게 쓰러져 있는 것은 분명 나였을 것이다.

이제는 두 번 다시 차가운 땅바닥에 쓰러질 수 없었다.

산 아래로 내려가는 동안 나뭇잎 사이로 햇살 한줄기가 뻗어왔다.

햇살은 칼날처럼 시퍼런 날을 세운 채 내 몸을 대각선으로 잘라놓았다.

나는 그 햇살을 향해 손을 내밀었다.

햇살은 달라진 내 모습을 벨 것처럼 푸르스름한 살기를 내뿜고 있었다.

*　　　*　　　*

수출입을 담당하는 직원을 새롭게 닉스와 명성전자에서 각각 뽑았다.

수출 물량이 점점 늘어나는 상황을 봐가면서 수출 업무를 담당하는 부서를 따로 만들 생각이다.

부산에 위치한 닉스 신발 생산 공장은 금사공단 내에서

도 가장 바쁜 공장이 되어버렸다.

새롭게 매입한 2공장 역시 바쁘기는 마찬가지였다.

부산신발연구소의 명칭을 닉스1공장으로 아예 바꾸었다.

이제는 닉스1공장과 닉스2공장에서는 주말에도 쉬지 않고 신발을 생산하고 있다.

또한 영원실업이라는 아웃솔(밑창)을 전문적으로 생산하는 공장 인수를 추진하고 있다.

영원실업은 독자적인 기술력과 특허까지 보유한 회사이다.

신발 산업이 어려움에 처하자 영원실업도 거래처의 부도로 위태로운 상황에 놓여 있었다.

아이러니하게도 신발 산업의 어려움이 오히려 닉스에게는 기회로 다가왔다.

닉스는 점차적으로 기술적인 부분이 앞선 부자재 회사들을 인수할 계획이다.

새롭게 선보인 닉스에어—X와 닉스에어—Z는 수요를 따라가지 못했다.

TV에 출연하는 연기자와 영화배우, 그리고 가수들까지 대부분 닉스에어—X와 닉스에어—Z를 신고 다녔다.

최신 유행을 선도하는 인물들이 닉스 신발을 신고 다니

자 그들을 좋아하는 팬들이 다시 닉스 신발을 구입하게 되는 결과로 이어졌다.

그 파급 효과가 웬만한 광고 효과보다 컸다.

연예인들뿐만이 아니었다.

한참 인기몰이를 하고 있는 농구선수들도 착화감과 농구 코트와의 밀착력이 사용자의 움직임에 유연하게 반응할 수 있도록 만든 닉스에어-Z를 신고서 경기에 임했다.

닉스에어-Z는 앞과 뒤꿈치의 세로축을 따라 적용된 홈이 V-형 커트와 같은 결렬한 움직임에도 발을 잡아주는 서포트(버팀)를 제공했다.

경기 중에 일어날 수 있는 선수들의 발목 부상을 막는 역할이 탁월했다.

농구를 좋아하던 내 경험을 토대로 해서 만든 기능이다.

닉스에어-Z가 나오기 전에는 농구선수 대부분이 나이키나 아디다스에서 만든 농구화를 선호했다.

하지만 지금은 기술적으로나 경기력에도 큰 도움이 되는 닉스에어-Z를 상당수가 신고 경기에 임했다.

당연히 농구 경기장을 찾은 사람들은 선수들이 신고 있는 농구화에 관심을 갖게 되었다.

그 결과 닉스 신발 중에서도 닉스에어-Z는 폭발적인 인기를 구가하고 있다.

닉스 신발 중에서도 가장 비싼 닉스에어-Z였지만 이제는 없어서 팔지 못할 정도였다.

부산공장에서 주말에도 쉬지 않고 만들어내고 있지만 충분하게 공급하지 못하고 있다.

신제품의 판매량은 닉스에서 예측한 것보다 네 배를 넘어서는 판매량이었다.

공장이 확장되고 늘어났지만 신발 수요 또한 급격하게 늘어난 결과이다.

신세계의 영플라자에서도 신제품을 더 공급해 주기를 원했다.

하지만 그럴 수 없는 것이, 신제품을 구입하고자 하는 사람들이 끊임없이 영플라자뿐만 아니라 강남과 홍대매장을 찾아왔다.

지방에서 닉스 신발을 구입하고자 올라오는 사람들도 덩달아 많아져서 신제품뿐만 아니라 기존의 닉스 신발의 판매량도 더욱 늘어났다.

더욱이 미국에 수출해야 되는 물량 때문에 신제품의 공급량을 더 늘릴 수가 없었다.

닉스는 순항이 아니라 강력한 터보 엔진을 달고서 앞으로 쭉쭉 나아가고 있었다.

＊　　　＊　　　＊

"건축사무소는 알아봤습니까?"

기존 건물을 임대해서 매장을 늘리기보다는 신사동 가로수길에 위치한 주차장 부지에 건물을 신축할 생각이다.

북새통을 이루는 기존 매장들의 숨통을 틔게 하려면 하루빨리 매장을 늘려야 했다.

신세계백화점에 입점할 계획도 당분간 보류하기로 했다.

신발 공급량도 부족했지만 닉스로 인해 영플라자에 몰려드는 고객들을 분산시키지 않으려는 생각에서였다.

오픈한 지 아직 1년이 되지 않은 영플라자가 더 자리를 잡게 놔두자는 이야기였다.

더욱이 두 달 후에는 롯데백화점에서 새롭게 젊은 층을 공략하는 영마켓이 명동에 오픈하기 때문이다.

"세 군데 정도가 대표님이 원하시는 설계가 가능하다고 연락이 왔습니다."

닉스에서 관리를 담당하는 이종완 과장의 말이다.

멋지고 세련된 디자인의 건물이 많은 2013년과 달리 지금은 실용적인 부분을 많이 따졌다.

예술가의 거리라 불리는 신사동 가로수길 주위로는 아기자기한 커피숍과 맛집, 그리고 디자이너들의 옷 매장이 즐비하게 들어서 있어 이국적인 분위기를 연출하는 곳이었다.

하지만 지금은 몇몇 디자이너의 옷 가게와 액세서리 가게만 있을 뿐이다.

새로 인수한 부산공장이 소유한 가로수길 주차장은 거리의 중앙에 위치해 있다.

입지적인 면에서 최상의 위치였다.

주차장은 120평이다.

옆에 있는 20평 정도 되는 슈퍼까지 인수하여 총 140평 부지에 7층 건물을 올릴 계획이다.

홍대에 위치한 닉스 본사를 신사동으로 옮기고 홍대 건물은 전체 층 모두를 매장으로 만들 생각이다.

앞으로는 운동화뿐만 아니라 골프화와 등산화까지 전문적인 신발 분야까지 확대할 것이다.

더 나아가 의류 분야까지 도전할 생각이다.

세계적인 브랜드를 갖추려면 단순히 신발 하나만 가지고서는 힘에 부쳤다.

"그럼 이 과장님이 담당자를 만나서 예산과 구체적인 계획서를 받아보세요. 그쪽에서 제시하는 새로운 건물 디자인도 검토해 보시고요. 돈 때문에 건물을 대충 지을 생각은 없으니까요."

"알겠습니다. 이번 주 내로 담당자들을 모두 만나서 자료를 취합해 보고 드리겠습니다."

이종완 과장은 대기업에서 좋아하는 명문대를 나온 인물은 아니었다.

그는 부산에 있는 대학을 졸업하고 신발을 제조하는 회사에서 7년간 근무했다.

한데 신발 산업이 위축되고 경기마저 좋지 않자 작년 11월에 다니던 회사가 문을 닫고 말았다.

두 달간 취업을 위해 새로운 회사의 문을 두드리다 한광민 소장의 추천으로 올 2월에 입사한 인물로 일 처리가 매끄럽고 치밀했다.

몸에 밴 성실성 때문인지 누구보다 일찍 회사에 출근했다.

이전 회사에서도 7년 동안 한결같이 제일 먼저 출근한 인물이었다.

성실한 면도 좋았지만 직원들에게 친절하게 대하는 점이 마음에 들었다.

"건축사무소들의 브리핑은 다음 주 목요일 정도로 일정을 잡아두세요. 브리핑 후에 최종적으로 건축사무소를 결정하죠."

"예, 준비해 놓겠습니다."

이종완 과장과 이야기를 끝내고 용산으로 이동했다.

비전전자에서 새롭게 전자 부품 매장을 오픈했다.

기존 컴퓨터 부품과 달리 전자 회사에서 사용하는 반도체 IC(Integrated circuit:집적회로) 부품을 공급하는 매장이다.

아직까지 국내에서는 다양한 반도체를 만들어내지 못했다.

현재로서는 일본과 미국에서 상당한 양을 수입하고 있었다.

대기업은 자체적으로 많은 양을 사용하기 때문에 필요한 부품을 수급하기가 용이했다.

하지만 대기업과 달리 중소기업이나 직원이 몇 명 되지 않는 소기업은 부품 공급에 애로사항이 많았다.

더구나 개발되는 제품에 들어가는 IC부품을 공급하는 전문적인 업체도 아직은 많지 않았다.

블루오션과 명성전자에서 개발되는 제품에 들어갈 부품을 수급하는 과정에서 아예 전문적인 매장을 만든 것이다.

비전전자에서 관리되는 반도체 부품 매장은 비전전자의 또 다른 수입원이 되어줄 수 있었다.

닉스와 명성전자, 블루오션, 비전전자, 이 모든 회사를 유기적으로 키워나갈 생각이다.

비전전자는 궁극적으로 유통과 판매 전문 회사로 키울 계획을 갖고 있다.

명성전자는 생산 전문 회사로, 블루오션은 연구 개발을 담당하는 회사가 될 것이다.

Chapter 2

  신세계백화점의 배기문 이사가 소개해 준다는 사람이 급하게 일정이 바뀌는 바람에 약속된 날짜에 만나지 못했다.

  그 이후 명동에 있는 고급 일식집으로 다시 저녁 약속을 잡았다.

  시간에 맞춰 도착하자 종업원이 국화라고 적혀 있는 방으로 나를 안내했다.

  방문이 열리자 배기문 이사와 그 옆에는 30대 초반으로 보이는 인물이 상석에 앉아 있었다.

  "어서 와요. 자, 이리로 앉아요."

배기문 이사는 나를 보자 반갑게 맞이해 주었다.

"제가 좀 늦은 것 같습니다."

"하하! 아니에요. 약속 시간 5분 전에 왔는데 늦다니요. 우리도 방금 도착했습니다."

배기문이 웃으면서 말했다.

내가 자리에 앉자 상석에 앉아 있던 인물이 나에게 손을 내밀며 악수를 청했다.

"장용성입니다. 만나 뵙고 싶었습니다."

남자다운 굵은 호남형의 얼굴에 잘 어울리는 부리부리한 큰 눈을 가진 인물이다.

"예, 강태수라고 합니다."

누군지는 모르지만 보통 인물은 아닌 것 같았다.

"제가 미처 말하지 못했는데, 장용성 씨는 우리 회사에 차장으로 있는 분이에요."

삼십 초반 나이에 대기업의 차장이면 무척이나 빠른 승진이다. 한데, 배기문 이사는 장용성에게 존댓말을 쓰고 있었다.

"아, 예."

"제가 말하는 게 낫겠습니다. 저는 신세계백화점 회장님의 둘째아들인 장용성이라고 합니다. 제가 배 이사님께 꼭 뵙고 싶다고 부탁드렸습니다."

'어! 둘째라니? 아들이 하나였는데…….'

내가 알고 있는 과거와 달랐다.

신세계백화점 회장의 아들은 하나였다.

"실례가 아니라면 어떤 일 때문인지 물어봐도 되겠습니까?"

회장 아들이 따로 날 볼 일은 없었다.

"천천히 말씀드리려고 했는데 바로 물어보시니 말씀드리겠습니다. 이번에 영플라자의 성공에 일등공신이 닉스라는 말을 배 이사님을 통해서 들었습니다. 저도 닉스를 구입해서 직접 신어보니 정말 우리나라에서 만들었는지 의심이 될 정도로 뛰어난 신발이라는 것을 확인했습니다. 디자인이나 제품의 퀄리티가……."

장용성은 닉스 신발에 대한 자신의 생각과 칭찬을 늘어놓았다.

"그래서 저희가 이번 소련의 모스크바에 설립하려고 하는 쇼핑센터에도 닉스를 공급받고 싶습니다."

1990년 9월 30일 한소수교가 성립되었다.

한국의 최호중 외무장관과 소련의 셰바르드나제 외무장관이 유엔에서 양국 수교 합의 의정서에 서명함으로써 이루어졌다.

1904년 러일전쟁의 결과로 양국이 단교한 이래 86년 만의 일이다.

동북아시아의 냉전 구조의 근본적 변화를 의미하는 한소 수교는 소련의 한반도정책과 노태우 정권의 북방정책이 맞아떨어져 성사된 것이다.

수교 후 12월 31일에는 노태우 대통령이 소련을, 91년 4월에는 고르바초프 대통령이 한국을 각각 방문했다.

이 결과 많은 국내 기업이 소련에 본격적으로 진출하고 있었다.

정부도 소련에 대한 투자를 적극적으로 권했다.

새로운 시장을 개척하려고 하는 기업들의 정서와도 맞아떨어졌고, 소련의 소비 시장도 변화를 맞고 있는 시기였다.

장용성은 배기문 이사가 추진한 영플라자를 적극적으로 밀어주었다.

결과적으로 영플라자는 성공을 거두었고, 그의 입지도 탄탄해졌다.

그 여세를 몰아서 이번에 모스크바에 쇼핑센터를 설립하려고 추진 중이다.

아직까지 후계 구도가 명확하지 않은 신세계백화점은 첫째아들인 장용준과 둘째 장용성이 경쟁 구도에 있었다.

장용성은 미국에서 대학을 마치고 국내로 돌아와 회사 일을 본격적으로 한 지가 2년째였다.

지금까지는 큰 무리 없이 일을 해오고 있었다.

영플라자의 성공으로 인해서 배기문 이사처럼 올해 차장으로 승진했다.

야심이 많은 장용성은 형보다 앞서 가기를 원했다.

'음, 지금이 소련에 진출하려고 한참 붐이 일 때지.'

경쟁 회사보다 먼저 소련에 진출하여 시장을 선점하려는 기업이 많았다.

하지만 공산국가 특유의 시장 상황과 제도 미비로 초창기에는 큰 고역을 치렀다.

언어적인 문제에서 오는 오해로 인하여 현지인들에게 사기를 당하는 일도 많았다.

아직까지 러시아어를 제대로 구사할 수 있는 인물이 국내에 많지 않았다.

"지금은 명확하게 말씀을 드리기가 힘들겠습니다. 신규 공장을 추가적으로 돌리고는 있지만 저희가 예상한 것보다 팔려 나가는 신발 수량이 너무 많아서 솔직히 힘든 상태입니다."

앞으로 계약된 미국과 러시아에 수출 물량까지 고려해야만 했다.

지금의 생산 능력으로는 신세계에서 추진하는 모스크바 쇼핑센터까지 공급할 여력이 없었다.

"저희도 잘 알고 있습니다. 그래서 이렇게 직접 뵙고 부탁드리려고 한 것입니다."

장용성이 말을 마치자마자 음식과 요리가 들어왔다.

고급 어종의 횟감들로 한가득 차려진 상이었다.

"일단 식사를 하면서 이야기를 나누시지요."

배기문 이사의 말이다.

점심을 먹지 않아서인지 몹시 배가 고팠다.

한눈에 보아도 값비싼 음식이라 자꾸만 손이 갔다.

"제가 술 한 잔 따라드리겠습니다."

장용성은 내게 최대한 좋은 모습을 보여주려고 하는 것 같았다.

"감사합니다."

나는 정중하게 술잔을 받았다.

그리고 술병을 받아 들고서 나 또한 장용성에게 술을 따라주었다.

"자! 우리 건배하시죠."

장용성은 건배를 청했다.

술병에 담긴 술은 고급 사케였다. 목을 타고 넘어가는 술이 무척이나 부드러웠다.

"크! 강 사장님이 원하시는 것이 있으면 제가 뭐든지 들어드리겠습니다. 한 번만 저를 도와주시죠."

술잔에 담긴 술을 단숨에 마신 장용성이 말했다.

난감했다.

그를 무시하기에는 장용성의 위치가 걸렸다. 더구나 배기문 이사와의 관계도 고려해야만 했다.

아마도 배기문 이사는 장용성 라인인 것 같았다.

'어떡해야 하나? 올해 말에 소련연방이 해체되는데……'

소련은 공식적으로 1991년 12월 25일 저녁 7시(모스크바 시간)에 붕괴되었다.

이후 소련의 공화국 열다섯 개가 독립하였다.

장용성이 추진하고 있는 쇼핑센터는 실패로 돌아갈 것이 분명했다.

소련연방의 해체의 빌미가 되었던 군 보수파와 공산당의 쿠데타로 인해서 모스크바는 혼란이 발생했다.

그 결과 많은 상점과 쇼핑센터들이 약탈당했다.

쿠데타가 보리스 옐친과 시민들의 시위로 실패한 후 러시아가 안정되기까지 많은 상점이 문을 열지 못했다.

"백화점에 입점하기로 한 계약도 유보된 상태이니 한번 추진해 봅시다. 영플라자 못지않은 성공을 이룰 것입니다. 이미 모스크바 현지의 시장 조사는 다 끝난 상태입니다."

장용성의 성공은 배기문 이사에게도 중요했다.

힘들겠다는 말을 더 이상 할 수 없게 만드는 말이다.

투자 자금을 받는 조건에 들어 있는 것이 신세계백화점에도 납품하는 것이다.

더구나 신세계백화점에 납품하지 않은 여유 수량을 수출물량으로 빼어놓고 있었다.

"좋습니다. 그러면 수량은 영플라자에 들어가는 절반으로 하시죠. 그리고 저희도 이번에 수출을 소련에 하게 되었는데……."

두 사람에게 소련에 닉스를 수출하게 된 이야기를 간략하게 했다.

"하하! 강 사장님이 저희보다 먼저 앞서 가고 있었네요. 다른 것을 원하시지 않으니까 저희가 수출하는 수량과 함께 소련으로 운송해 드리죠."

장용성은 호쾌하게 웃으며 말했다.

소련의 수입상이 닉스 신발을 수입해 간다는 것은 소련에서도 닉스가 통한다는 반증이다.

"그렇게 하면 되겠네요. 쇼핑센터에 들어가는 물품을 정기적으로 소련에 보내야 하니까 그 참에 함께 보내면 물류비용도 절약될 것입니다."

배기문 이사도 장용성의 말에 동조했다.

사실 소련에 수출할 때는 물류비용이 문제였다.

모스크바로 가는 항공기는 취항했지만 서울에서 모스크바로 곧장 화물을 보내면 비용이 만만치가 않았다.

결국 부산항에서 블라디보스토크까지 배로 실어 보내고, 그곳에서 시베리아 대륙 횡단 철도를 이용하여 모스크바로 보내는 방법이 가장 저렴했다.

러시아를 완전히 가로지르는 시베리아 대륙 횡단 철도는 7일 동안 모스크바에서 태평양 연안의 블라디보스토크까지 9,900㎞를 달린다.

"그렇게 해주시면 정말 고맙겠습니다."

장용성이 제시한 조건은 다른 조건을 달지 않아도 될 정도로 괜찮았다.

하지만 앞으로 일어날 소련연방 해체에 대비를 해야만 했다.

그러려면 일이 일어나기 전에 소련을 방문해야만 한다.

장용성과의 만남은 뜻밖이었지만 닉스가 앞으로 나갈 방향에 있어서 도움을 줄 수 있는 인물이다.

식사가 끝나갈 무렵, 장용성은 영플라자에 공급되는 신발 수량을 줄여서라도 모스크바에 설립되는 쇼핑센터에 우선적으로 보내라고까지 했다.

정치권은 소련에 진출하는 기업들에게 큰 혜택을 주겠다고 계속해서 재계에 말하고 있었다.

또한 장용성은 현재 대통령의 신뢰를 듬뿍 받고 있는 정무장관인 박철재와 친분이 있었다.

박철재는 이번 소련과의 외교에 큰 역할을 했다.

대통령의 큰 치적으로 남을 수 있는 소련과의 외교 성립과 더불어서 경제 협력에도 큰 성과를 얻으려고 시도하고 있었다.

박철재는 장용성을 불러 특별히 부탁까지 했다.

그 결과 모스크바에 쇼핑센터를 설립할 계획을 세운 것이다.

"아! 그리고 돈 좀 있으면 우리 회사 주식 좀 매입하세요. 나중에 도움이 될 수 있을 것입니다."

방을 나가면서 넌지시 말하는 장용성이다.

그가 말을 하지 않아도 신세계백화점 주식은 매입할 생각이다.

"감사합니다. 그렇게 하겠습니다."

나는 고개를 가볍게 숙이며 인사를 했다.

장용성이 먼저 떠났지만 나와 배기문은 실무적인 이야기를 나누기 위해서 남았다.

*　　　*　　　*

"잘 결정한 것입니다. 모스크바 쇼핑센터는 한소 관계에 있어서도 하나의 이정표가 되는 것이라 정부에서도 관심이 지대합니다. 새롭게 건물을 짓는 것도 아니고 아주 좋은 가격에 건물을 매입하는 거라 투자 자금도 절약될 것입니다."

배기문 이사는 지금까지 신세계백화점에서 진행하고 있는 모스크바 쇼핑센터에 대한 일을 말해주었다.

신세계백화점은 영플라자가 성공하자 더욱 야심차게 소련의 수도인 모스크바에 영플라자의 두 배 규모로 쇼핑센터를 설립하려 했다.

식료품과 생활 소비재가 부족한 소련에서 백화점이 아닌 종합쇼핑센터로의 선택은 좋았다.

하지만 시기와 운이 따라주지 않았다.

"개점은 언제로 생각하십니까?"

"9월 중순으로 잡고 있습니다. 원래부터 백화점으로 쓰던 건물이라서 손볼 곳도 크게 없습니다. 문제는 판매할 상품들인데, 소련 현지에서 구입할 상품이 적다는 것이죠. 대부분 한국에서 들어가야 될 것 같습니다."

배기문의 이사의 말에 떠오르는 상품들이 있었다.

한국야쿠르트의 도시락라면과 오리온의 초코파이다.

1990년 한소수교 후 부산과 블라디보스토크를 오가는 러시아 보따리 상인들에 의해서 전해지기 시작했다.

처음에는 이들이 몇 박스씩 가져다가 판매했지만 시간이 지날수록 주문 수량이 늘어나자 직접 두 회사가 수출을 하게 되었다.

나중에는 현지 공장까지 설립할 정도로 러시아 사람들의 사랑을 한 몸에 받고 있다.

"제품의 수량이 만만치 않겠습니다. 물류 창고도 많이 필요할 것 같은데요."

"그게 문제입니다. 쇼핑센터 자리는 쉽게 구했는데 마땅한 창고가 나오지 않네요. 블라디보스토크에는 그나마 쓸만한 창고 건물이 나왔는데 가격을 너무 높게 부르고 있어서 협상 중에 있습니다."

소련의 진출은 신세계백화점만이 아니었다.

롯데백화점에서도 전담팀이 구성되어져 신세계와 달리 백화점 진출을 추진하고 있었다.

다른 기업들도 시장 조사를 진행 중이거나 진출을 추진하고 있어 창고 건물을 찾고 있었다.

그러다 보니 약삭빠른 중개인이 높은 가격을 받기 위해 농간을 부리고 있었다.

현지에서 거래되는 가격보다 서너 배를 높게 불렀다.

"이건 순전히 제 생각인데, 너무 빨리 진출하는 것이 아닌지 모르겠네요. 시장 조사도 좀 더 철저히 해야 되지 않겠습니까?"

"그 점에 있어서는 회사 내에서도 우려의 목소리가 나오고 있어요. 하지만 시장 선점이라는 것을 무시할 수 없고 더구나 롯데에서도 모스크바에 건물을 매입하려고 한다는 정보가 있어서 서두를 필요성이 있습니다."

롯데는 영플라자의 성공에 크게 자극받은 것 같았다.

영플라자의 성공은 신세계백화점의 인지도까지 높여주었다.

더 이상은 신세계에게 밀리면 안 된다는 생각이 롯데에 자리 잡고 있었다.

백화점에 투자를 늘려가는 현대도 소련에 시장 조사를 위해 조사단을 파견한 상태였다.

'큰 손해가 날 텐데 너도나도 뛰어드는구나. 사실대로 이야기할 수도 없고. 나야 돈을 받고 물건만 보내면 되지만 배기문 이사가 난처해질 것 같은데.'

배기문 이사가 모스크바 쇼핑센터 건립에 주도적으로 참여하는 것 같았다.

소련 공산당과 보수파 군인들의 쿠데타는 예측하기 힘든 천재지변과 같은 일이지만, 그로 인해 문제가 발생하면 책임질 사람이 필요했다.

분명 장용성보다는 배기문 이사가 타깃이 될 가능성이

컸다.

"혹시 쇼핑센터 건립에 누가 또 관여하고 있는지 여쭤봐도 되겠습니까?"

"주도적으로 일을 진행하는 사람은 장용성 차장님과 이정도 전무라고 기획실을 맡고 계신 분입니다. 그리고 제가 실무진에 포함되어 있지요."

이정도 전무는 신세계백화점 후계자인 장용준과 장용성 두 사람 중 어느 누구에게도 지지를 보내고 있지 않는 전문 경영인 중에 하나였다.

"외람된 말이지만 이번 프로젝트에서 한발 물러나시는 것이 좋을 것 같습니다."

배기문 이사가 신세계백화점에 계속해서 근무하는 것이 나에게는 좋았다.

"허허! 왜죠?"

그는 뜻밖의 말이라는 표정이다.

배기문은 그에 대해 단도직입적으로 물었다.

"제가 이번 소련에 수출을 진행하다가 들은 이야기가 있습니다. 구체적으로 말씀드리기는 힘들지만 소련 정국이 조금 불안하다고 합니다. 고르바초프 대통령에 반발하는 세력들이 노골적인 불만을 토로하고 있어서 정치적으로나 경제적으로 그 영향을 받고 있다고 합니다. 다시 말해서 어떤 돌발 변수가 일어날 수도 있는 상황에 도달하고 있다는 이야기였습니다."

조금은 완곡하게 이야기를 했지만 의미는 충분히 전달될 수 있었다.

"하하! 언제부터 그렇게 소련에 대해서 잘 알고 계셨습니까? 저희보다도 상세한 정보를 듣고 계시나 봅니다. 저희도 정보통을 동원해서 어느 정도는 상황을 파악하고 있습니다. 그러나 강 사장님이 걱정하시는 것처럼 소련이 그리 만만한 곳이 아닙니다. 공산국가는 윗선이 하자고 하면 그냥 따라오게 되어 있습니다. 저를 염려해 주시는 것은 고맙게 받아들이겠습니다."

배기문 이사의 입장에서는 소련의 쇼핑센터 건립은 자신의 입지를 확고히 할 수 있는 기회였다.

사실 이런 기회를 놓치고 싶지 않을 것이다.

더구나 이제 막 중소기업 형태를 갖추어가는 회사의 신출내기 사장이 말하는 알 수 없는 정보에 말이다.

"알겠습니다. 혹시 나중에라도 책임이 따르는 일이 생기면 한발 뒤로 물러나십시오. 이제 그 이야기는 여기까지 하겠습니다. 저희가 수량을 어느 정도로……."

그것이 내가 그에게 할 수 있는 마지막 충고였다.

이제는 내 말을 듣고 안 듣고는 그의 선택이었다.

신세계백화점에서 원하는 수량은 매달 신발 종류별로 3천 켤레였다.

소련에서 신발이 어느 정도 팔려 나가는지에 대한 정확한 데이터가 없었다.

소련에는 이제 막 나이키를 비롯한 아디다스, 리복 등의 회사들이 진출하려고 준비 중이다.

어쩌면 신세계백화점의 선택이 나에게는 기회일 수도 있었다.

소련, 아니, 러시아로 나라명이 바뀌는 그곳은 막대한 자원의 보고였다.

Chapter 3

　닉스가 순풍을 타고 나아가고 있다면 블루오션은 폭풍이 몰려올 태세처럼 레드아이(Red Eye)에 대한 시장의 반응이 뜨거웠다.

　제조된 전화기는 채 일주일이 되기도 전에 제품이 모두 팔려 나간 상태였다.

　용산과 청계천에 위치한 도매상 중 미처 레드아이를 들여놓지 않은 가게들에서 주문이 들어왔다.

　대략 2천 대 정도였다.

　이 달에 새롭게 제조되는 8천 대의 레드아이 중 2천 대의 선주문과 수출 수량인 2천 대를 합하면 벌써 절반이 팔려 나간 상태이다.

시중에 풀리는 수량은 이달에도 6천 대 정도이다.

여전히 블루오션 직원들은 좀 더 많이 레드아이를 제작하기를 바라는 눈치였다.

하지만 생산은 원래 세워진 계획대로 진행할 생각이다.

블루오션의 개발팀에 두 명의 직원이 새로 투입됐다.

앞으로 진행할 무선전화기와 무선호출기를 만들기 위해서였다.

내년에는 무선호출기를 시장에 내놓을 생각이다.

무선전화기 분야는 좀 더 신중하게 접근하기로 했다.

대기업과 기존의 전화기를 생산하는 업체들이 모두 무선전화기 사업에 집중적으로 투자를 하고 있었다.

유선전화기에서 무선전화기로 넘어가는 추세에 맞물려서 시장도 커지고 수요도 많았다. 하지만 투자한 만큼 돌아오는 파이가 너무 적었다.

블루오션은 무선전화기보다는 무선호출기 개발에 더욱 힘을 쓰는 것이 더 낫겠다는 생각이 들었다.

더구나 무선전화기에 치중하는 기존 회사들의 행보에 발맞추기보다는 유선전화기를 더욱 특화시키는 것이 신생 회사인 블루오션에는 유리했다.

개발과 생산이 이원화된 점도 블루오션에게는 큰 장점이었다.

명성전자에서 제조가 이루어져 블루오션은 순순하게 연구 개발에만 매달릴 수 있었다.

블루오션과 명성전자는 톱니바퀴처럼 서로에게 이익을 가져다주는 관계로 자리 잡아가고 있었다.

앞으로 블루오션에서 개발되는 제품은 모두 명성전자에서 제작되어 판매되는 시스템이다.

이제는 전화기 제작이 라디오 제작에서 컴퓨터 제조까지 진행하던 명성전자의 또 다른 한 축이 된 것이다.

지금은 제작되는 전화기의 수량이 얼마 되지 않지만 러시아에 대한 수출과 앞으로 열리게 되는 중국까지 바라본다면 명성전자는 안정된 수입원을 갖출 수 있게 된 것이다.

"명성전자도 어느 정도 안정화가 되었구나."

명성전자 대표실에서 바라보는 잔디밭에는 쉬는 시간을 맞이하여 직원들이 나와 쉬고 있었다.

명성전자의 생산직 근로자의 쉬는 시간은 하루에 세 번, 15분간이다.

점심시간 한 시간까지 합하면 그리 나쁘지 않았다.

구로공단 내에 위치한 공장들은 점심시간에만 직원들을

쉬게 하거나 하루에 한 번만 쉬는 시간이 주어졌다.

더구나 명성전자 직원들처럼 푸른 잔디밭에 앉아 쉴 수 있는 곳이 없었다.

명성전자에는 잔디밭 뒤쪽으로 작은 연못과 함께 등나무가 멋지게 어우러지는 정자까지 있었다.

잔디밭 주변으로는 아름드리나무들이 있어서 따가운 햇살을 막아주고 시원한 그늘을 제공했다.

공장의 뒤편으로는 농구장을 마련해 놓았다.

폐자재를 버리는 공간이던 곳을 공장을 수리할 때 농구장으로 바꾸어 버렸다.

여자 직원들을 위해서는 배드민턴장과 탁구대까지 만들었다.

기존에 불필요하던 창고들을 모두 허물고 과감하게 직원들을 위해서 만든 것이다.

명성전자의 환경을 변화시키는 데 3억이라는 큰돈이 들어갔다.

하지만 그에 대한 후회는 없었다.

그 결과 구로공단 내에서 가장 근무 환경이 좋은 회사로 손꼽혔다.

창밖으로 보이는 직원들의 표정은 모두 밝았다.

직원들이 보기에도 회사가 눈에 띄게 좋아지고 있었다.

근무 환경도 좋아지고 일감도 늘어났다. 더욱이 직원들의 월급도 올랐다.

명성전자의 사장으로 취임했을 때에는 대부분의 직원이 어린놈이 뭘 할까 하는 표정들이었다.

더구나 새로 취임하는 나에게 힘을 실어주기 위해서 기존 임원들을 내보냈을 때 그들은 한결같이 얼마 못 가서 명성전자가 망할 거라고 말했다.

회사가 어려움에 처했을 때 수수방관하던 인물들의 입에서 나온 이야기는 결국 모두 틀린 말이 되었다.

이제는 명성전자 직원 모두가 내가 추진하고자 하는 일에 대해 적극적으로 밀어주고 지원해 주었다.

"후후! 이렇게까지 해낼 줄은 정말 몰랐는데."

직원들의 해맑은 웃음을 보자 마음이 따뜻해졌다.

누군가의 행복을 위해 뭔가를 해줄 수 있다는 것이 기쁨이 된다는 것을 요새 많이 깨달았다.

그때였다.

전화기에 신호음이 들어왔다.

삐삐!

수화기를 들자 비서의 음성이 들린다.

─대표님, 성우개발의 김대철 사장님이라고 하십니다.

닉스 강남매장의 건물주인 성원개발의 김대철 사장이다.

홀수 날에는 닉스에, 짝수 날에는 명성전자에 출근했다.

김대철 사장에게는 명성전자의 전화번호도 알려주었다.

"안녕하셨어요, 김 사장님? 강태수입니다. 그간 잘 지내셨습니까?"

─하하! 나야 잘 지내고 있지. 혹시 오늘 시간이 괜찮다면 명동으로 나와 줄 수 있겠나?

"예, 가능합니다. 제가 몇 시까지 가면 되겠습니까?

─뭐 저녁도 먹을 겸 7시에 보는 걸로 하지.

"예, 알겠습니다. 그럼 이따 뵙겠습니다."

김대철 사장은 명동에서 알아주는 전주였다.

들리는 소문에 현금 동원 능력이 오백억에서 천억까지도 가능하다는 소리가 있었다.

대기업에서도 급한 돈이 있을 때에는 김대철 사장을 찾는다고 했다.

이런 이야기는 우연히 식사 자리에서 신세계백화점의 배기문 이사에게서 들었다.

무슨 일 때문인지는 몰라도 김대철 사장이 나를 먼저 찾은 적은 없다.

*   *   *

한성실업에 정확하게 약속 시간 5분 전에 도착했다.

"어서 오게나. 자, 바로 나가자고."

김대철 사장은 나를 보자마자 말했다.

그가 안내한 곳은 한성실업이 위치한 곳에서 얼마 떨어지지 않은 설렁탕 가게였다.

골목길 뒤쪽에 위치해 있었다.

허름한 집이지만 나중에 명동에서 맛집으로 유명해진 음식점이다.

"어서 오세요, 사장님."

설렁탕집 주인은 김대철 사장을 보자마자 허리를 숙이며 인사를 건넸다.

"잘 있어나? 장사는 잘되지?"

"그럼요. 방으로 들어가시죠."

설렁탕집 주인이 안내한 곳은 가게에서 유일한 방이었다.

"뭐로 드릴까요?"

"설렁탕하고 수육 좀 내오게."

"예, 좋은 부위로 드릴게요. 술은 하실 건가요?"

"자네, 술은 마시지?"

김대철 사장이 나를 보며 말했다.

"예, 마십니다."

"그럼 두꺼비로 하나 주게나."

"알겠습니다."

주문을 받은 설렁탕집 주인이 방을 나갔다.

"이 집이 이래 봬도 맛은 최고야."

김대철 사장은 엄지손가락을 치켜들며 말했다.

김대철 사장의 말처럼 설렁탕과 수육 맛이 일품이었다.

수육으로 나온 고기는 부드럽고 적당히 씹는 맛도 있었다.

"정말 맛있는데요."

"하하! 그래서 이곳에 오면 늘 입이 즐겁다네. 자, 한 잔 받게나."

김대철 사장이 따라주는 소주를 공손히 받아 들었다.

"제가 한 잔 따라드리겠습니다."

"그러게나."

잔을 받아 든 김대철 사장의 표정은 오늘따라 밝아 보였다.

늘 느끼는 것이지만 김대철 사장의 표정은 포커페이스처럼 표정에 변화가 없었다.

한데 오늘은 달랐다.

"어르신께서 기분이 좋으신 것 같습니다."

"그렇게 보이나?"

"예, 좋은 일이 있으신 것 같습니다."

"하하! 자넨 눈치도 빠르구먼. 좋은 일이 있긴 있지."

"뭔지 여쭤보아도 되겠습니까?"

"궁금한가?"

"예."

"자! 그럼 한 잔 더 따라보게나."

김대철 사장의 말에 나는 빈 술잔에 다시 술을 따랐다.

"자네 말이야, 나하고 일 좀 같이 해보지 않겠나?"

뜻밖의 말이다.

'뭐지? 기분 좋은 일이 있다고 하면서…….'

"그게 무슨 말씀이신지?"

"내가 말이야, 돈을 좀 빌려준 곳이 있는데 그곳에서 돈 대신 다른 것으로 해결하려고 해서 말이야. 생각해 보니까 그것도 나쁘지는 않겠더라고. 잘만 운영하면 돈놀이하는 것보다도 나을 수도 있고 말이야."

김대철 사장은 나이가 들어가자 사채업보다는 빌딩 관리 쪽에 더 치중하고 있었다.

더 이상 고리대금업자라는 소리를 듣고 싶지 않은 마음이 큰 때문이었다.

한데 지금 김대철 사장의 말이 무엇을 이야기하는지 알 수가 없었다.

"어떤 것을 말씀하시는 것인지?"

"하하! 이런, 내가 두서없이 이야기를 했군. 돈을 빌려준 곳은 라면을 만드는 회사라네. 한데 그곳에서 지방에 있는 공장 하나를 매물로 내어놓으려고 한다네. 농심이나 삼양 같이 큰 회사와 경쟁하다 보니 운영이 좀 힘든 것 같더라고."

"혹시 팔도라면입니까?"

순간 머릿속에 떠오른 회사이다.

"하하! 맞네. 회사를 파는 것은 아니고, 놀리고 있는 공장을 내어놓으려고 한다네. 공장을 너무 크게 지은 것이 문제가 되었지. 해서……."

김대철 사장의 말을 빌리자면 새로운 라면을 개발하면서 공장을 확장한 것 때문에 회사가 조금 힘들게 된 것이다.

팔도에서 야심차게 출시한 것은 왕뚜껑이라는 즉석라면이었다.

라면 시장의 판도를 바꾸기 위해서 많은 개발비와 함께 공장을 새롭게 완공했지만 생각한 만큼 매출이 나오지 않았다.

팔도라면은 기존 공장을 매각하여 신규 공장을 짓는 데 들어간 빚을 갚고 신규 제품에 주력하겠다는 생각이었다.

'허! 시기가 너무나 절묘하구나.'

팔도라면에서 생산되는 도시락라면이 러시아에 수출되면서 돌풍을 일으켰다.

나중의 일이지만 팔도라면은 러시아에 다섯 개의 라면 공장이 세워진다.

더구나 러시아 자국과 주변국에 수출하고 있으며 수출국은 중앙아시아를 포함해 아홉 개국이나 되었다.

또한 한국에서의 팔도라면의 생산 판매량의 규모는 러시아에 비해서 약 20% 정도밖에 되지를 않았다.

김대철 사장에게서도 돈을 융통한 팔도라면은 공장과 그 주변 부지를 인수하는 게 어쩌겠냐고 의사를 타진해 왔다.

"공장만 인수하는 것입니까, 아니면 공장에서 생산되는 라면 제품까지 인수하는 것인지요?"

달랑 라면 공장만 인수하는 것인지 물어본 것이다.

"듣기로는 공장을 인수하면 그곳에서 생산되는 라면 제품까지 인수하는 것으로 되어 있네. 그리고 생산된 라면을 팔도라면에 납품하는 거지."

"그럼 공장에서 생산되는 라면 제품이 뭔지 아시는지요?"

"도시락라면이라고 들었네."

김대철 사장의 말에 순간 머리가 띵했다.

팔도라면은 자신들에게 가장 크게 효자 노릇을 하게 될

라면을 넘기려고 하고 있었다.

'헉! 이거 정말 뭐라고 해야 될지…….'

알고 있는 과거가 조금씩 달라지고 있었다.

하지만 왠지 그 모든 게 내 주변에서부터 먼저 일어나는 것처럼 느껴졌다.

"인수하십시오. 어르신께 큰 도움이 될 것입니다."

나는 자신 있게 말했다.

"하하! 자네가 그리 말해주니 결론을 쉽게 내릴 수가 있겠네. 그럼 자네가 그 공장을 맡아주게나."

김대철 사장의 입에서 전혀 생각지도 못한 말이 나왔다.

"예에! 제가 공장을 맡다니요? 그게 무슨 말씀이신지요?

나는 확인하듯이 김대철 사장에게 물었다.

"그럼 공장을 내가 운영하려고 했겠나? 나는 회사 운영을 해본 적이 없는 사람이네. 건물을 관리하는 게 내 한계야."

김대철 사장은 그의 말처럼 수십 명에서 수백 명을 관리해야 되는 공장을 운영해 본 적이 없었다.

김대철 사장의 한성실업도 직원이 단 셋뿐이다.

건물의 경비나 청소도 다 용역을 주었다.

한성실업은 빌딩 입주자들에게서 들어오는 월세와 관리비 등을 관리할 뿐이었다.

하자 보수와 시설 관리도 다 용역업체에서 담당했다.

이전에는 대출에 관련된 직원들이 더 있었지만 그의 말처럼 돈을 빌려주어 이자를 받는 돈놀이를 줄이고 있었다.

"저는 제가 맡고 있는 회사들도 벅찬 상태입니다."

"아니야. 자넨 충분히 해낼 수 있다고 믿네. 그런 확신이 없었다면 오늘 자넬 보지도 않았을 거야."

김대철 사장은 말은 확고하고 자신에 차 있었다.

"저를 좋게 봐주셔서 고맙습니다. 하지만 제가 너무 많은 일을 벌인 것이 아닌가 하는 생각이 듭니다. 지금 일이 너무 많아 벅차기도 하고요."

사실이었다.

대학 생활까지 하게 되니 일을 떠나 항상 시간이 부족했다.

"하하하! 젊다는 게 뭔가? 늙으면 말이야, 하고 싶어도 못하는 게 너무 많아. 만약 자네가 공장을 맡지 않으면 굳이 인수할 생각이 없다네."

'후우! 어떻게 하지? 도시락라면은 조만간 크게 히트를 칠 텐데.'

앞으로의 일을 알고 있다는 것이 중요한 일을 결정할 때 도움이 되기도 하지만 힘들게 만들기도 했다.

김대철 사장의 말에 자꾸만 욕심이 생겨났다.

그 욕심이 내 자신을 피곤하게 만들었다.

나는 섣불리 대답하지 않았다.

김대철 사장은 술을 마시며 기다렸다. 그는 서두를 것 없다는 듯 느긋한 표정이다.

'그냥 놓치기에는 너무 아깝다. 러시아에 진출하기가 좀 더 수월할 수도 있고…….'

생각이 복잡해졌다.

지금 러시아 진출을 진행하고 있는 일들과 연동되어 시너지 효과를 낼 수도 있었다.

고민 끝에 결론을 내렸다.

"그러면 저도 투자할 수 있게 해주십시오. 제 돈이 어느 정도는 들어가야 책임감 있게 운영할 수 있으니까요."

"하하하! 그러게나. 그럼 지분은 70 대 30으로 하지."

"그렇게 되면 제가 돈이 부족한데……."

공장을 얼마에 인수하는지는 몰랐다. 하지만 분명 적은 돈이 들어가는 것이 아니다.

"10억을 준비하게나. 10억도 큰돈이지만 자네라면 충분할 것이네. 부족한 돈은 라면 공장을 잘 운영해서 벌어서 갚게나."

김대철 사장의 조건은 아주 좋았다. 10억은 충분히 커버할 수 있는 금액이다.

나중에 안 일었지만 공장 인수에 들어간 돈은 총 130억이었다.

김대철 사장이 팔도라면에 빌려준 50억을 감해도 80억이 더 들어갔다.

"고맙습니다. 부족하지만 열심히 해보겠습니다."

자신 있었다.

아니, 팔도라면은 내년쯤에는 땅을 치고 후회할 것이 분명했다.

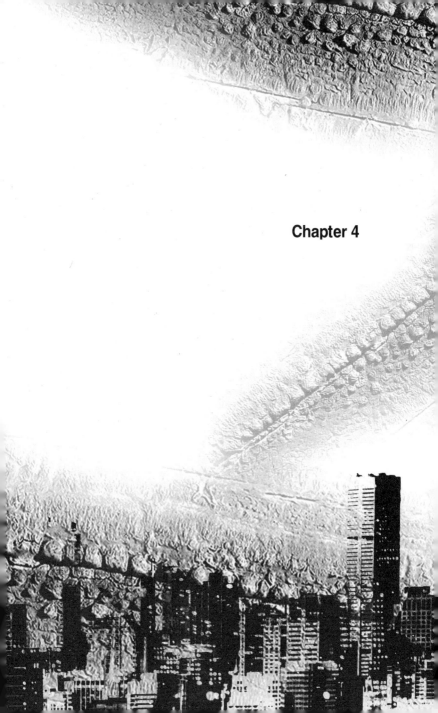

Chapter 4

　한동안 신문을 눈여겨봤다.

　검은 모자 차태석의 소식 때문이다. 죽었다면 신문 한 편에라도 소식이 나올 것이다.

　하지만 그 어디에서 차태석에 대한 소식은 없었다.

　이동수는 내가 마려해 준 돈으로 지금 살고 있는 곳에서 얼마 떨어지지 않은 곳에 거처를 마련했다.

　이동수의 부모님은 도움을 준 나에게 고마움을 표시하고 사과와 참외를 각각 한 상자씩 가지고 홍대로 직접 오셨다.

　동수에게 내가 일하고 있는 곳이 홍대라는 말만 했지 닉스의 대표라는 것을 알리지 않았다.

부모님은 동수에게 전해 받은 내 삐삐 번호로 연락을 취했다.

"정말 고맙네. 자네가 아니었으면 우리 여섯 식구가 모두 길바닥으로 쫓겨날 뻔했네."

이동수의 아버지는 마음고생을 많이 해서 그런지 수척한 모습이었다.

"아닙니다. 친구끼리 어려울 때 서로 도와야죠."

"아무리 친한 친구라도 그렇지, 그런 큰돈을 척척 빌려주는 세상이 아니랑게. 정말이지, 큰 빚을 졌네그려. 우리가 빠른 시간 내에 갚을 것이여. 하여간에 이 은혜는 동수가 죽을 때까지 잊지 않을 거여."

동수의 어머니 또한 내 손을 잡으며 고마움을 표시했다.

동수의 어머니나 아버지 두 분의 모습이 집에 계신 우리 부모님 같았다.

늘 자식을 위해서 희생하고 고생하는 분들이다.

"예, 동수하고는 둘도 없는 죽마고우입니다. 동수가 다 알아서 한다고 했으니까요 두 분께서는 걱정하지 않으셔도 됩니다."

"그라제. 우리 동수가 한 말이면 다 지킬 것이여. 지금까지 살아오면서 동수가 한다고 한 것은 다 했다니까."

동수의 어머니는 자신의 아들에 대해서 자긍심을 가지고
있었다.

동수의 어머니는 밤낮으로 공부해도 들어가기가 힘들다
는 서울대학교를 과외 한 번 받지 않은 동수가 떡하니 합격
했을 때 없는 살림에도 동네잔치를 벌였다.

지금까지 살아온 모든 고생을 동수를 통해서 보상받는
기분이었을 것이다.

"그럼요. 동수에 대해서는 걱정하지 마세요. 사과하고
참외는 정말 잘 먹겠습니다."

"요거밖에 해줄 것이 없어 미안하네. 나중에는 이것보다
더 좋은 것으로 보답하겠네. 바쁠 것이니 이제 들어가 보게
나."

"주책이었네그려. 바쁜 사람을 계속 붙자고 있었으니 말
이여."

동수 아버지의 말에 동수 어머니가 급하게 일어났다.

"아닙니다."

"우리 동수하고 잘 지내주면 고맙겠네. 하여간에 고맙다
는 말밖에는 하지 못하겠네그려."

동수의 어머니는 내 손을 꼭 부여잡고는 고개까지 숙이
며 말했다.

거친 손바닥에 고생이란 두 글자가 알알이 박혀 있는 것

이 느껴졌다.

제대로 된 로션 하나 바르지 못한 메마른 손이었다.

하지만 그 손에서 전해지는 따스함은 자식에 대한 사랑과 그 친구에 대한 애틋한 정(情)이었다.

"어머니, 걱정하지 마세요."

"동수한테 태수 같은 친구가 있다는 게 참말로 든든하단 말이여."

동수 어머니는 붙잡은 손을 놓기 싫은 것처럼 보였다.

보다 못한 동수 아버지의 말에 마지못해 내 손을 놓아주셨다.

"뭐해! 어여, 빨리 와!"

"바쁜데 어서 일보게나."

동수 어머니의 뒷모습에서 자꾸만 엄마가 겹쳐 보였다.

"예, 들어가세요."

큰일을 치르고 간다는 두 분의 표정이 유리창 너머로 엿보였다.

집으로 돌아가는 두 분의 발걸음이 한결 가볍게 보인다. 동수의 부모님이 가져온 과일은 닉스 직원들의 간식으로 요긴하게 쓰였다.

*   *   *

학교생활은 정신없이 지나갔다.

식품 사업까지 맡게 되자 충실하게 학교생활을 할 수가 없었다.

아니, 도저히 시간적으로 강의 시간 이외에는 다른 곳에 시간을 낼 수가 없었다.

백단비의 노골적인 대시에도 그녀에게 시간을 내줄 수가 없었다.

온갖 핑계를 대면서 매번 거절하자 백단비도 지쳤는지 이제는 만나자는 이야기를 꺼내지 않았다.

이동수는 내가 빌려 준 돈 때문인지 과외 자리를 열심히 알아보았다.

그 덕분인지 두 군데에서 과외 자리가 나왔다.

동수도 자기 나름대로 바쁜 생활을 하고 있었다.

기말고사를 끝으로 방학이 시작되었다.

대부분의 과 친구들은 여행을 떠나려는 계획을 갖고 있었다.

*　　　*　　　*

경제 규모가 커지고 국민의 전반적인 생활수준이 향상되

는 동시에 국제수지가 흑자로 전환되면서 해외여행 개방 여건이 성숙되자 정부는 1989년 1월 1일 국민 해외여행을 전면 자유화시켰다.

그러자 많은 대학생이 배낭여행을 떠나기 시작했다.

'여행은 인간의 독선적 아집을 깬다' 는 여행의 장점을 말해주는 명언이다.

시간과 돈이 허락되는 친구들은 모두 유럽을 목적지로 삼고 있었다.

그중에서 한수연과 그녀의 수호대인 정희철과 이정수는 방학 동안 유럽을 모두 여행할 생각을 갖고 있었다.

방학으로 한국에 들어오는 청운회 멤버 몇 명이 더 합류 하는 것 같았다.

백단비는 계속해서 내가 그 여행에 합류하기를 원했다.

"미안하다. 방학 내내 할 일이 너무 많아서."

"뭐냐, 강태수? 방학이 되면 시간이 좀 난다며?"

약간은 신경질적인 말투다.

"나도 그럴 줄 알았는데 그게 그렇게 됐다. 그리고 나 그 런 비싼 여행 갈 돈도 없다."

사실 말이 배낭여행이지 있는 집 자식답게 숙소가 대부 분 호텔이었다.

숙박비가 저렴한 유스호스텔에서 묵는 일정은 거의 없

었다.

돈을 핑계 삼아서라도 백단비의 제의를 거절하려고 말을 꺼냈다.

"돈이 없으면 내가 빌려줄게. 아니, 내가 절반 정도 낼게. 나중에 절반만 천천히 주면 돼."

"말은 고마운데, 정말 여행 갈 시간이 없다. 나중에 가까운 근교로 친구들과 함께 여행이나 가자."

"강태수 너, 정말 너무한다. 그럼 내가 경비 다 낼게. 같이 가자."

백단비는 애걸하듯이 말했다. 그런 그녀에게 거절하는 나 또한 미안한 마음이다.

"후우! 정말 미안하다. 그렇게 장기간 여행 갈 형편이 못 된다."

"그럼 일주일만이라도 같이 가자. 중간에 돌아오면 되잖아."

백단비는 어떻게든 나와 인연을 만들려고 했다.

'정말 내가 그렇게나 좋은가?'

어느 순간부터 백단비가 나를 대하는 눈빛이 다르다는 것을 알았다.

하지만 지금은 연애를 할 시기가 아니었다.

이미 러시아로 떠날 생각에 비자까지 신청해 놓았다.

호도르콥스키에게도 연락을 취해 러시아에 체류할 동안의 숙소를 알아봐 달라고 부탁해 놓은 상황이다.

연락을 받은 호도르콥스키는 정말 반갑게 맞이해 주었다.

자신이 모든 체류비용을 지불하겠다고 했다.

"네 마음은 잘 알겠는데, 정말 이번만큼은 시간이 나질 않아. 정말 미안해."

"이렇게까지 부탁하는데 안 되는 거니? 알았어. 그만할게. 앞으로는 돌려 말하지 마. 그냥 가기 싫으면 싫다고 그래."

백단비의 눈가에 눈물이 맺히는 것이 보였다.

그걸 감추려는 듯 그녀는 뒤돌아 서둘러 강의실을 떠났다.

떠나는 백단비의 뒷모습을 보며 뭐라 해줄 말이 없었다.

"후우! 그게 아닌데……. 앞으로 학교생활이 피곤해지겠네."

절로 한숨이 나왔다.

호의를 거절하는 것이 이렇게나 힘들다는 것을 요새 알게 되었다.

이전의 삶에서는 이런 호의를 베푸는 인물이 가족 외에는 없었다.

"뭔데 그렇게 한숨을 쉬냐?"

앞쪽에서 시험을 치른 동수였다.

"말하면 길다. 시험은 잘 봤냐?"

지금의 상황을 동수에게 설명하기가 어려웠다.

"모르것다. 분명 문제는 열심히 읽었는데 머릿속에서 답이 뱅뱅 돌기만 하더라. 너는?"

"나야 문제도 잘 보고 답도 잘 썼지."

"역시 전체 수석은 다르구먼."

"과외만 열심히 하지 말고 공부도 좀 열심히 해라. 내가 나중에 널 어떻게 믿고 쓰겠냐?"

"네, 사장님. 미처 그 생각을 못했습니다. 정말 죄송합니다."

동수는 내 말에 고개를 푹 숙이며 말했다.

그 모습이 정말 사원이 사장을 대하는 모습 같아 우스웠다.

"하하하! 연습 많이 했네."

"예, 이런 거라도 잘해야 될 것 같아서 연습 많이 했습니다."

"어허! 이 사람 정말. 그럴 시간에 영어 단어 한 자라도 더 외워서 회사에 도움이 될 생각을 해야지."

"야아! 내가 단단히 잘못 걸린 것 같다. 이거 완전 악덕

기업주 스타일 아냐?"

동수는 내 말에 고개를 설레설레 저으며 말했다.

"이미 계약서에 사인을 한 상태이니 빠져나갈 구멍은 없다는 걸 알아라."

"내가 졌다. 알아서 저를 삶아서 드십시오. 이 몸은 이제 주인님의 것입니다."

동수는 허리를 깊숙이 숙이며 노예가 주인을 맞이하는 동작을 취했다.

"하하하! 알았다. 시험도 끝났으니 시원하게 맥주 한잔하자."

"미안하다. 곧장 과외 가야 한다. 과외하는 중학생이 다음 주가 시험 기간이라 봐줘야 해. 이번 시험 잘 보면 사모님이 좋은 곳 소개해 준단다."

동수는 손가락으로 돈을 가리키는 원을 그리며 말했다.

동수가 과외를 하는 곳은 한참 부자 동네로 떠오르는 청담동이었다.

주변에 영동고등학교가 신설되고 경기고등학교가 이사 오면서 학군이 좋은 동네가 되었다.

"아쉽지만 할 수 없지."

"다음 주에 한잔하자. 그때 과외비도 받으니까 그때 내가 한잔 살게."

"알았다. 가봐라."

동수도 나처럼 바쁘게 살았다.

내가 돈을 빌려준 이후부터 그 바쁨이 더해져 숨 가쁘게 바뀌어 버린 것 같았다.

동수의 모습에서 옛날 내 모습이 그려졌다. 나 또한 학교를 다니면서 직장생활을 병행했다.

그때는 대학교를 졸업하면 변화가 생길 줄 알았다. 하지만 상황은 바뀌지 않았다.

그저 회사에 속한 부속품에서 조금 나아진 부속품으로 달라진 것뿐이었다.

*   *   *

가인이와 예인이도 바쁘게 생활했다.

이제 4개월 후에는 대입 학력고사를 치러야 한다.

두 자매의 실력은 뛰어났지만 사람 일은 모르기에 매일 독서실에서 늦게까지 공부하다가 집에 들어왔다.

예인이가 해주던 맛있는 저녁을 며칠 전부터 먹지 못하고 있었다.

대신 빵을 먹거나 밖에서 저녁을 해결하고 들어왔다.

물론 아침은 먹을 수 있었다.

두 사람을 위해서 대입고사를 먼서 본 선배로서 예상 문제를 뽑아주는 일도 열심히 해주었다.

대략적으로 이번 대입고사에 나오는 문제의 유형을 알고 있었다.

과거에 92학년도 시험을 보았기 때문이다.

그때의 문제가 다는 기억나지는 않지만 수학과 영어는 절반 이상이 생각났다.

두 자매의 실력으로 충분히 풀 수 있는 문제들이었다.

오늘같이 일찍 집에 들어오는 날이면 러시아에 대한 공부를 했다.

러시아어를 어느 정도는 배우고 들어가는 것이 큰 도움이 되겠다는 생각에 시간이 날 때마다 매진했다.

호도르콥스키가 나를 만나면 깜짝 놀랄 것이다.

단기간에 언어를 빠르게 습득할 수 있는 것도 다 머리가 좋아진 덕분이다.

영어와 일본어는 원어민처럼 말하고 쓸 수 있다.

현재 배우고 있는 중국어도 조금씩 실력이 늘어나고 있었다.

중국어와 러시아는 현지인이 충분히 알아들을 정도로 익혀놓을 생각이다.

"올 때가 된 것 같은데."

시간이 밤 10시를 가리키고 있었다.

두 사람 다 늦은 밤에 돌아다녀도 걱정은 하지 않았지만 빈집에 혼자 있자니 무척이나 심심했다.

그때였다.

누군가가 대문 너머로 집을 자꾸 기웃거리는 모습이 보였다.

"어떤 놈이 남의 집을 넘보는 거야?"

가인이와 예인이도 올 시간이라 나는 밖으로 향했다.

뒤쪽 창문을 통해서 뒤편 울타리를 넘었다.

어떤 놈인지 몰래 살펴볼 생각이다.

혹시나 흑천의 인물이 집을 찾아온 것은 아닌가 하는 생각도 들었다.

조심스럽게 다가갔다.

가로등 아래서 초조한 듯 서성거리는 인물의 얼굴이 보였다.

"어떤 놈이 남의 집을……."

순간 말을 이을 수가 없었다.

집 앞을 서성거리고 있는 인물은 다름 아닌 고등학교 친구이자 사업 동반자인 이강호였다.

강호가 어떻게 집을 알았는지 손에는 선물 상자가 들려 있었다.

'아니, 어떻게 집을 알았지? 내가 집을 알려주지도 않았는데.'

강호는 틈만 나면 나에게 예인이를 소개시켜 달라고 졸랐다.

한동안 비전전자를 방문하지 않아서 그 시달림에서 벗어날 수 있었다.

강호는 계속해서 집 앞을 서성거렸다.

"후우! 모습을 드러낼 수도 없고……. 분명 예인이를 기다리는 것 같은데."

그때였다.

여자들의 조잘거리는 소리가 들렸다.

목소리를 보아하니 가인이와 예인인 것 같았다.

아니나 다를까, 언덕을 다 올라서자 가인이와 예인이의 얼굴이 보였다.

강호는 긴장했는지 머리와 옷매무새를 손보며 예인이를 맞이했다.

"예인아!"

"어! 오빠가 웬일이에요?"

예인이는 뜻밖의 인물이 등장하자 놀라는 표정이다.

'후! 내가 이곳에서 생활한다고 말하면 안 되는데…….'

강호는 내가 송 관장의 집에 머물고 있는 것을 몰랐다.

"어? 우연치 않게 지나가다가……."

강호의 말은 반은 맞고 반은 틀렸다.

강호가 송 관장의 집을 알게 된 것은 정말 우연이었다.

아버지를 따라서 고모 집을 방문했다가 정류장에 서 있는 예인이를 본 것이다.

혹시나 하는 마음에 일부러 몇 번이나 찾아와 동네 정류장에서 내리는 예인이를 확인했다. 그리고 집까지 알아둔 것이다.

"태수 오빠가 집……."

예인이가 나에 대해서 이야기할 때 가인이가 예인이의 손을 잡아서 말을 끊었다.

"태수가 왜?"

"어, 태수 오빠하고 같이 오신 건가 하고요."

"아니야. 그냥 지나다가……. 그리고 이거 오다가 좋아 보여서. 오늘은 너무 늦은 것 같아서 그냥 갈게."

강호는 내 이름이 나오자 조금은 당황스런 모습을 보였다.

그리고 서둘러 들고 있던 선물 상자를 예인이에게 안겼다.

강호는 바쁜 일이 있는 사람처럼 서둘러 집 언덕을 내려갔다.

"우리 집을 어떻게 알았을까?"

가인이가 강호의 뒷모습을 보며 말했다.

"태수 오빠가 알려줬나?"

예인이도 물끄러미 손에 든 선물 상자를 보며 말했다.

"아니거든요."

강호가 내려가는 것을 확인하자마자 나는 나무 뒤에서 모습을 드러냈다.

"뭐냐, 친구가 왔는데 나와 보지도 않고?"

예인이가 나를 보며 물었다.

"그렇게 할 수가 없었다. 내가 여기서 살고 있다는 것을 강호가 알게 되면 곤란해지거든."

"강호 오빠는 어떻게 우리 집을 알고 온 거야?"

"나도 모르겠다. 집을 알려달라고는 했지만 나도 모른다고 했거든."

예인이의 말에 강호와 나눈 얘기를 그대로 해주었다.

"아무도 집을 알려준 사람이 없는데 집을 찾아왔다는 게 불가사의하네."

가인이의 말처럼 세 사람의 입장에서는 불가사의한 일이었다.

집으로 들어오자 나는 예인이가 들고 있는 상자를 보며 물었다.

"한데 그 상자는 뭐냐?"

"강호 오빠가 주고 가던데."

"선물을 주고 간 건가?"

포장한 선물 상자는 꼭 신발 상자 같았다.

아니나 다를까, 겉 포장지를 벗겨내자 닉스 신발 상자가 나왔다.

최근에 출신된 닉스에어—X였다.

폭발적인 인기로 인해서 닉스에어 시리즈는 구하기가 쉽지 않았다.

아마도 꽤나 고생해서 구했을 거라 생각되었다.

하지만 닉스의 모델인 예인이와 가인이는 이미 닉스에어—X와 닉스에어—Z를 모두 가지고 있었다.

"한 치수 작은 사이즈네."

예인이와 가인이는 키는 해마다 달라졌다. 그러다 보니 발 치수도 작년보다 한 치수 커졌다.

"내가 내일 큰 치수로 바꿔다 줄게. 강호가 예인이를 많이 좋아하나 보다."

내 말에 예인이는 다른 말로 답했다.

"옷 좀 갈아있고 나올게. 그리고 나, 좋아하는 사람 있어."

예인이의 마지막 말에 왠지 가슴이 허전했다.

"어, 그래."

'꽃다발을 주던 대학생이겠지. 강호 놈만 불쌍하게 됐네.'

머릿속에 떠오른 남자는 집 앞까지 찾아와 다시 꽃다발을 주고 간 대학생이었다.

학교 축제 때도 예인이에게 호감을 강하게 드러냈다.

요즘은 찾아오지 않았지만 가끔씩 집 앞에서 기다리곤 했다.

같은 반에 있는 사촌동생을 졸라서 송 관장의 집을 알아냈다.

그 후 예인이가 집을 알려준 반 친구에게 단단히 화를 냈다고 가인이에게 들었다.

"한데 하필 그놈이냐? 기생오라비처럼 생겼던데……."

예인이의 말에 괜스레 내가 더 화가 났다.

"뭐라고 혼자 중얼거리고 있어?"

옷을 갈아입고 나온 가인이가 물었다.

"아니, 그게 아니고, 예인이가 좋아……."

말을 다 끝내기도 전에 예인가 방에서 나왔다.

"예인이가 뭐?"

"어! 예인이는 좋겠다고. 선물 받아서."

하고 싶은 말을 할 수가 없었다.

"뭐냐, 싱겁게?"

"아니다. 나 올라간다."

"밥은 먹었어?"

가인이가 2층으로 올라가는 나를 불러 세웠다.

"햄버거 사 먹었다. 너희들 것도 사왔으니까 이따가 출출할 때 먹어. 너무 늦게까지 하지 말고."

"고마워. 잘 자고."

가인이가 2층으로 올라가는 나에게 손을 흔드는 모습을 바라보며 예인이가 한숨을 내쉬고 있다.

Chapter 5

　소련으로 떠나기 전 회사의 중요한 업무들을 처리해야만
했다.

　중요 결제 건은 앞당겨서 처리했다.

　맡고 있는 네 개의 회사는 큰 문제가 없었다.

　지금은 인수가 진행 중인 팔도라면 공장에 대한 일에 매
달렸다.

　실사가 끝난 공장은 경기도 이천에 위치해 있었다.

　새롭게 지은 신규 공장은 500m 떨어진 곳에 위치해 있
다.

야심차게 최첨단의 공장을 지었다.

문제는 책정된 예산보다 추가적으로 돈이 더 들어간 것이다.

땅을 파는 과정에서 암반지대 때문에 애를 먹었다.

공장에 들어가는 시설 장비 가격이 10% 이상 상승한 것도 원인이었다.

그런데 팔도라면에서 넘겨주기로 한 도시락라면을 제외시키고 다른 라면을 팔려고 했다.

대신 공장 가격을 7억 정도 깎아주겠다고 했다.

김대철 사장은 흔쾌히 받아들이려고 했다. 하지만 내가 극구 반대했다.

김대철 사장의 입장에서는 공장을 인수하여 만들어내는 제품을 다시 팔도라면에 파는 것이기에 7억이란 돈을 아끼는 게 좋아 보였다.

물론 국내 시장이 아닌 외국 시장에는 마음대로 팔 수 있었다.

나는 공장 인수를 제고하겠다는 말까지하면서 도시락라면을 꼭 가지고 와야 한다고 주장했다.

그 근거에 대해서는 앞으로 해외 시장에서 도시락의 인기가 대단할 것이라고 말했다.

김대철 사장이 외부에 의뢰한 공장 인수 실사팀은 이런

나의 주장이 근거가 없다는 말로 반박했다.

실사팀에 구성된 인물들은 이 분야에서 국내 최고의 실력을 갖춘 인재들이었다.

실질적으로 도시락라면의 수출액은 미비했다.

국내 점유율도 다른 라면에 비하여 떨어졌다.

실사팀의 주장하는 근거는 합당했다.

도시락라면을 통해서 얻는 이익이 7억보다 적다는 것이다.

적지 않은 돈을 지불하고 의뢰한 실사팀의 의견을 무시할 수는 없었다.

김대철 사장은 아직까지 결론을 내리지 못하고 있었다.

7억이란 돈은 결코 적은 돈이 아니다.

뜻하지 않은 라면 공장 인수에 10억이란 돈을 지불한 상태이다.

다시금 내가 7억을 내어놓기에는 자금 회전에 문제가 생길 수도 있었다.

더구나 닉스에서 사용하게 될 건물을 신사동 가로수길에 짓기로 한 상태이다.

건물을 짓는 비용도 상당했기 때문에 자금에 여유가 없었다.

김대철 사장은 나를 명동으로 불러냈다.

전에 저녁을 맛있게 먹은 설렁탕집이었다.

"아직도 생각을 바꾸지 않은 건가?"

김대철 사장의 물음에 확고하게 답했다.

"예, 그 문제에 대해서는 변함없습니다."

"허허! 나만큼 고집이 황소네그려. 7억이란 돈은 적은 돈이 아니라네."

"잘 알고 있습니다."

"음, 그러면 말일세, 7억을 자네가 부담하는 것이 어떤가? 추가적으로 지분을 더 가져가면 될 것이고."

김대철 사장은 다른 것을 많이 양보했다.

공장 운영도 전적으로 나에게 맡기기로 한 상태이다.

하지만 돈에 관한 것에서는 1원도 허튼 돈을 쓰기 싫어했다.

또한 타당한 이유로 자기가 납득할 수 있으면 100억도 기꺼이 투자할 배포가 있는 사람이었다.

현재로서는 내가 주장하는 도시락라면의 수출에 대한 근거와 자료를 내어놓을 수가 없었다.

서서히 소련에서 건너온 보따리상들이 부산에서 생필품을 구입하고 있었다.

그중에서 한국산 여자 스타킹과 초코파이, 그리고 도시

락라면을 사가기 시작했다.

돈주머니가 넉넉하지 않은 보따리상들은 값싸고 자신들의 입맛에 맞는 제품을 구입했다.

처음에는 사할린에 사는 동포들이 친척을 만나러 왔다가 맛을 보고는 가족들의 선물로 구입한 것이 인기를 끌게 되었다.

대부분 블라디보스토크와 사할린에 거주하는 고려인들에게 크게 인기를 끌었다.

블라디보스토크란 '동방을 지배하라' 라는 뜻이다.

동해 연안의 최대 항구도시 겸 군항이다.

소련 극동함대의 사령부가 있는 해군기지이며, 북극해와 태평양을 잇는 북빙양 항로의 종점이며, 모스크바에서 출발하는 시베리아 철도의 종점이기도 하다.

항만은 표트르 대제만(大帝灣)에서 남쪽으로 돌출한 무라비요프아무르스키 반도 끝에 위치하며, 시가는 해안에서부터 구릉지 위로 펼쳐져 있다.

철도 종점인 임항역(臨港驛)의 북쪽이 시의 중심지구이다.

그러다가 도시락라면은 1997년부터 시베리아 횡단열차를 통해서 러시아 전역으로 퍼져 나가 큰 인기를 끌었다.

도시락라면이 국내보다 러시아에서 크게 인기를 끈 요인이 있었다.

첫 번째는 식사를 간편하게 하고자 하는 러시아인의 식습관 때문이다

두 번째는 러시아의 높은 물가 때문이다.

또한 도시락라면의 용기는 샐러드 같은 음식물을 보관하기가 유용했다.

러시아의 주식은 감자와 샐러드, 그리고 호밀로 만들어진 흑빵이다.

또한 빵에 살라미 같은 소시지나 햄을 얹어서 간편하게 먹는 걸 좋아한다.

이러한 흑빵과 식재료는 우리나라 수준과 비슷하지만 러시아에서는 외식 물가가 상당히 비쌌다.

실례로 러시아에서 2012년 기준 전 세계 물가 표준으로 이야기하는 스타벅스 커피는 8,000원 후반이고, 맥도날드 빅맥 세트는 10,000원을 넘어간다.

이러한 상황에서 도시락라면은 800~1,400원 가격대를 형성하여 큰 인기를 얻고 있다.

더구나 현지화 전략으로 러시아인에 입맛에 맞는 라면을 개발하여 큰 성공을 거두었다.

그러나 지금은 그러한 성공을 이야기할 만한 증거나 데

이터가 없었다.

'무조건 나를 믿고 따라오십시오. 저는 미래를 알고 있습니다' 라고 말할 수 있는 입장도 아니었다.

'후우! 여유 자금을 비축해 두어야 하는데……'

＊　　　＊　　　＊

앞으로 진행할 사업들과 개발비로 들어갈 자금이 상당했다.

가장 크게 소요되는 자금은 CDMA 원천 기술의 특허권이다.

아직까지 크게 각광 받지도, 주목 받지도 않은 CDMA 특허 기술을 퀄컴이 가지고 있었다.

아직은 시간적인 여유가 있었다.

"알겠습니다. 제가 7억을 부담하겠습니다."

"정말 그러겠나?"

김대철 사장이 되물었다.

"예, 대신 도시락라면에 대한 권리를 제게 주십시오."

실질적으로 운영은 내가 한다지만 공장 주인은 김대철 사장이었다.

"왜 그렇게 도시락라면에 집착하는지 물어봐도 되겠나?"

김대철 사장은 뭔가 느껴지는 게 있는지 내게 물어왔다.

"크게 집착하지는 않습니다. 도시락이라는 이름이 친근하게 느껴지고 어린 시절을 떠오르게 하는 향수가 있어서요. 뭐 맛도 다른 라면에 비해 빠지지 않고요."

대충 생각나는 대로 이야기했다.

앞으로 러시아에서 최고의 상품으로 떠오른다는 말은 할 수가 없었다.

아니, 내가 그 말을 한다고 해도 김대철 사장은 믿지 않을 것이 분명했다.

김대철 사장은 돌다리도 두드려 가면서 투자하는 성향이다.

이번 공장 건도 생산되는 라면을 전량 팔도라면에 납품하지 않았다면 인수를 검토하지도 않았을 것이다.

또한 공장의 위치가 앞으로 부동산 개발이 이루어질 수 있는 좋은 위치에 있었다.

공장 부지만으로도 얼추 투자한 돈을 회수할 수 있었다.

"하하하! 알겠네. 자네가 투자하는 17억으로 도시락라면에 대한 권리와 함께 그에 걸맞은 지분을 주겠네."

김대철 사장은 자신의 수중에서 7억 원을 아꼈다고 생각하는지 내 조건을 흔쾌히 받아들였다.

며칠 뒤 돈을 모두 입금하자 도시락라면에 대한 모든 권리가 나에게로 넘어왔다.

김대철 사장의 의뢰로 인수 과정을 진행하던 공장 인사팀에서도 이의를 달지 않았다.

도시락라면은 국내 점유율이 다른 즉석라면에 비해 떨어지는 상품이었다.

더구나 팔도라면은 새롭게 개발한 왕뚜껑라면를 밀고 있었다.

완전히 헐값에 대박 상품이 내 손에 쥐어진 것이다.

이 계약으로 나중에 팔도라면과 김대철 사장은 땅을 치고 후회했다.

이천공장에서 생산되는 라면은 두 종류로 도시락라면과 해물라면이었다.

둘 다 국내 라면 시장에서의 점유율이 미비했다.

인수된 공장을 바탕으로 새롭게 도시락이라는 회사를 새롭게 설립했다.

아예 도시락라면의 이름을 전면에 내세웠다.

운영을 맡기로 한 덕분에 사명을 도시락으로 선택한 것에 김대철 사장은 이의를 달지 않았다.

국내는 향후 10년 동안 팔도라면에 납품하기로 계약했지만 그 이후부터는 독자적인 길을 걸어갈 수 있었다.

해외는 그와 상관없이 언제든지 진출하여 현지에 공장을 세울 수 있었다.

경제신문에 새롭게 탄생한 도시락에 대해 조그맣게 기사가 실렸을 뿐이다.

기존 공장의 인원 중 80%는 팔도라면으로 옮겨갔다.

여섯 종류를 생산하던 곳이 두 종류의 라면만 생산하게 되어 20%의 인원으로도 충분했다.

생산직 사원들은 같은 월급에 업무량이 줄어들자 굳이 팔도라면으로 옮길 생각을 하지 않았다.

문제는 관리직 사원 대부분이 팔도라면으로 옮기길 원했다.

작은 라면 회사에 있어봤자 비전이 보이질 않은 탓이다.

그들 눈에는 도시락라면 회사라고는 하지만 팔도라면의 하청공장으로밖에는 보이질 않은 것이다.

더구나 새파랗게 젊은 날 보더니 그런 생각을 굳혔다.

나 또한 굳이 떠나는 사람들을 잡지 않았다.

도시락에 남은 사람들은 도시락라면 개발에 참여한 사람들과 입사한 지 얼마 되지 않은 사원들이 대부분이었다.

경험 많고 유능한 사원들은 팔도라면으로 옮겨가거나 아

예 퇴사하여 다른 라면 회사에 입사했다.

인수 조건에서 직원들이 팔도라면으로 옮기길 원하면 직원들의 의사를 수용하기로 했다.

옮겨가지 않은 사원들은 신규 회사에서 새로운 기회를 잡기를 원했다.

근무 환경이 크게 달라지지 않은 상황에서 기존 회사보다는 진급에 유리했다.

도시락 회사에 남은 사람들을 모두를 면담했다.

생산직 직원과 여직원도 단 한 명도 빼놓지 않았다.

남은 이유와 앞으로 회사를 위해서 무엇을 할 수 있는지에 대해서 질문을 던졌다.

또한 회사에 바라고 싶은 것에 대해 물었다.

많은 직원이 회사 대표와의 면담은 처음인 것 같았다.

다들 우물쭈물하며 제대로 말을 하지 못했다.

그중 유일하게 하고 싶은 말을 내뱉은 인물이 있었다.

한중관 과장으로 도시락라면을 개발한 인물이기도 하다.

"국내에서 제대로 팔리지 않은 라면 공장을 인수한 이유가 있습니까?

팔도라면의 라면 판매율은 경쟁 회사에 비해 크게 떨어졌다.

더구나 인수한 공장에서 생산하고 있는 도시락라면은 다른 즉석 라면에 밀리고 있었다.

제품이 나온 초창기에는 TV 광고와 독특한 용기 덕분에 판매율이 올라간 적도 있었다.

도시락은 일반 컵라면과 달리 모양이 원형이 아니라 도시락 모양의 직사각형으로 되어 있다.

하지만 시장을 장악하고 있는 농심과 삼양에서 새로운 즉석 라면을 내어놓자 판매가 떨어졌다.

"국내에서 팔리지 않는다면 다른 나라에 팔려고요. 저는 도시락라면이 분명 세계적인 라면으로 성장할 수 있다고 봤기 때문에 인수를 결정한 것입니다."

"하하! 그러셨군요. 한데 국내에서도 판매가 저조한데 어떻게 다른 나라에서 인기를 얻을 수 있을까요?"

그의 말투는 내 말을 크게 믿지 않는 모양새였다.

그도 그럴 것이, 그에 대한 근거를 댈 수가 없었다.

"국내에서 판매가 저조하다고 해서 해외에서 통하지 않으리라는 법은 없습니다. 가로 16.1㎝, 세로13.1㎝, 높이 5㎝, 무게 90그램의 도시락라면이 분명 큰일을 해낼 것입니다. 그랬기 때문에 제가 도시락라면의 판권을 사들인 것입니다. 그리고 올해 분명 좋은 소식이 있을 것입니다."

한중관 과장은 내가 도시락라면의 스펙을 정확하게 알고

있다는 것에 놀라는 표정이다.

분명 자기처럼 도시락라면에 대한 애정을 갖고 있지 않다면 그냥 지나칠 수 있는 문제였다.

한중관은 어느 순간부터 연구개발팀에서 자신이 설 자리가 점점 사라지고 있었다.

이번 팔도라면에서 개발한 왕뚜껑라면의 개발 프로젝트에서도 빠져 있었다.

"도시락라면에 애정을 갖고 계시는 것 같습니다."

"물론입니다. 도시락라면이 없었다면 저는 과감하게 투자를 하지 않았을 것입니다. 분명히 말씀드리지만 앞으로 한 과장님이 하실 일이 많아질 것입니다. 제품개발팀을 잘 이끌어주십시오. 도시락의 앞날은 무척 밝습니다."

"알겠습니다. 대표님께서 이렇게 말씀해 주시니까 힘이 나네요. 솔직히 그동안 도시락라면이 시장에서 크게 호응을 받지 않고 있어서 개발자로서 힘든 날들이었습니다. 앞으로 잘 부탁드리겠습니다."

한중관은 자리에서 일어나 다시 정중히 나에게 고개를 숙였다.

자신을 알아주는 상관이 있다는 것은 큰 힘이 나는 일이다.

더구나 회사 대표에게서 지지를 받는다는 것은 천군만마

를 얻는 일이다.

"필요한 인원이 있으면 충원하십시오. 도시락라면이 크게 성공하는 날이 분명 올 것입니다."

나는 확신하듯이 말하며 한광민 과장에게 악수를 청했다.

한광민은 나이 어린 대표지만 자신을 믿고 힘을 실어주는 내 손을 두 손으로 공손히 잡았다.

한광민은 도시락에 있어서 핵심적인 인물이었다.

그가 만들어낸 도시락 시리즈가 러시아인들의 입맛을 단숨에 사로잡았다.

도시락의 부족한 중간 관리직 직원은 명성전자에서 충원했다.

내년에 진급 대상인 직원을 1년 일찍 진급시키는 조건으로 도시락으로 입사시켰다.

이미 명성전자에서 내 역량을 보아온 직원들은 내 말이라면 무조건 따랐다.

항상 직원들이 이야기하기 전에 바라는 바를 먼저 해주었다.

물론 무조건 해주지는 않았다. 일할 수 있는 환경을 만들어주고 직원들을 독려했다.

환경이 바뀌고 회사가 바뀌자 직원들은 알아서 열심히

일했다.

회사에 이익을 내고 열심히 하는 직원은 포상을 하고 격려해 주었다.

그리고 이익이 나면 최대한 직원들에게 돌려주려고 노력했다.

그러한 결과가 명성전자를 180도 바꾸어놓았다.

러시아에 대한 수출을 위해 러시아어를 할 줄 아는 영업직원을 뽑았다.

사실 도시락은 영업직원이 필요 없었다.

생산되는 라면 모두를 팔도라면에 납품하기 때문이다.

하지만 이제는 러시아에 대한 수출을 염두에 두어야만 했다.

인수한 공장은 현재 생산량보다도 도시락라면을 추가적으로 생산할 수 있는 시설을 갖추고 있었다.

또한 부산에 직영대리점을 개설했다.

러시아인들이 먼저 찾기 전에 적극적으로 영업을 펼치기 위해서였다.

부산항에 들어오는 소련 국적의 화물선과 여객선에서 내리는 사람들에게 도시락라면을 맛볼 수 있도록 무상으로 나누어주는 행사를 펼쳤다.

물론 호응이 상당히 좋았다.

소련이 붕괴되기 직전인 지금 소련은 먹거리가 상당히 부족한 때였다.

밀의 생산량과 주식인 감자의 생산도 저조한 한 해였다.

어느 라면 회사도 시도하지 않은 행사였다. 아니, 관심조차 없었다.

도시락을 인수하고 이주일 만에 모든 것을 일사천리로 벌인 일들이다.

도시락의 본사는 김대철 사장이 관리하는 명동에 있는 한일빌딩에 자리 잡았다.

일체 경영에 대해 간섭을 하지 않는다고 했지만 본사 직원 중 김대철 사장과 관련된 직원이 경리와 인사 파트에 두 명 있었다.

실질적으로 도시락 회사의 지분을 85% 정도를 소유하고 있기에 아무런 내색을 하지 않았다.

나는 내년 말쯤 러시아에 현지 공장을 세울 생각을 갖고 있다.

국내에서 만들어진 도시락라면은 블라디보스토크나 사할린 지역에 수출하는 것은 상관없었다.

하지만 모스크바와 같은 대도시로 수출하려면 물류비용이 상당했다.

물류비용이 추가되면 현지에서 판매되는 가격도 상당히

비싸진다.

러시아의 대도시에 보따리상들을 통해서 들어가던 소량
의 물량이 아닌 현지 공장에서 만들어진 라면을 바탕으로
러시아 최고의 식품 회사로 자리 잡을 계획이었다.

Chapter 6

방학을 맞이했지만 회사 일로 눈코 뜰 새가 없었다.

비전전자와 명성전자는 방학을 맞이하여 늘어난 컴퓨터 주문량을 감당하기 위해 빠르게 돌아가고 있었다.

블루오션도 레드아이 제작과 무선호출기 개발에 정신이 없었다.

바쁘기는 닉스도 마찬가지였다.

국내에서 판매하는 제품뿐만 아니라 수출하는 물량을 대기 위해 주말에도 쉴 수가 없었다.

디자인팀도 여름을 겨냥한 닉스에어-세븐을 내어놓기

위해 야근을 밥 먹듯 했다.

모든 회사를 살피고 저녁이 되어서도 집으로 가지 못하고 명동에 위치한 도시락으로 향했다.

아직까지 도시락은 처리해야 될 일이 너무나 많았다.

모든 것을 처리해야 소련으로 날아갈 수 있었다.

"후우! 라면까지 손댈 줄이야. 이러다가 정말 서른 살이 되기 전에 회장 소리 듣는 거 아냐?"

푸념하듯 한숨을 내쉬며 나는 책상에 펼쳐져 있는 서류들을 하나씩 검토했다.

생산 계획과 생산 일정이 적힌 서류를 보니 올해 생산량이 작년보다 줄어 있었다.

국내 판매량이 떨어진 결과였다. 팔도에서도 이런 사실 때문에 도시락라면을 넘겼다.

팔도라면에서 예측한 판매량은 해마다 줄어드는 걸로 나와 있었다.

"음, 국내 시장은 아무리 보아도 가능성이 보이지가 않아."

도시락라면이 러시아인의 입맛을 사로잡았고, 다 먹고 난 용기를 음식 용기와 화분으로 사용했다.

도시락라면이 인기를 얻은 조건에는 용기의 특이성도 크게 한몫했다.

"결론은 러시아인데, 2003년에 가서야 세운 공장을 내년에 가능할까가 문제인데. 신규 공장을 세우려면 적어도 100억 이상 들어가야 하고 생산직원들도 문제이고……. 아이고, 머리야!"

나는 머리가 아파오자 머리카락을 부여잡았다.

너무 성급한 것이 아닌가 하는 생각도 들었다.

11년 후에나 진행될 일을 너무 앞당기려는 것이 무모해 보일 수 있다.

하지만 소련이 붕괴되고 러시아로 바뀌는 과정에서 극심한 식료품 부족을 겪게 되는 러시아에 도움을 주고 싶었다.

또한 그 일을 통해서 러시아 정부에 신뢰를 쌓을 수 있다면 미하일 호도르콥스키가 한 것처럼 러시아의 에너지 사업에 관여할 수도 있었다.

조금 시간이 걸리는 일이지만 그렇게만 된다면 궁극적으로 대한민국에도 큰 도움이 될 것이다.

서류 정리가 끝나갈 때쯤 관리부가 위치한 곳에서 소리가 들렸다.

"누구지? 다 퇴근하지 않았나?"

나는 대표실에서 나와 밖을 살폈다.

아니나 다를까, 관리부가 있는 쪽에 불이 켜져 있었다. 이번에 새롭게 입사한 여직원이었다.

연세대 경영과를 나온 재원이다.

그런 그녀가 우리 회사에 지원한 것이 특별해 보였다.

보다 좋은 대기업에 충분히 입사할 수 있는 실력을 갖추고 있었다.

"김미령 씨, 퇴근 안 했어요?"

"어, 대표님? 정리할 일이 있어서요."

김미령은 깜짝 놀란 표정으로 말했다.

내가 사무실에 들어올 때는 아무도 없었다.

"그래요. 난 사무실에 아무도 없는 줄 알았네요. 나는 퇴근하려고 하는데 미령 씨는 계속 있을 건가요?"

"저도 이제 나가려는 참이었습니다."

"그래요? 그럼 같이 나가죠. 잠깐 가방을 갖고 나올 테니 미령 씨도 나갈 준비 하세요."

"예."

집에 가서 검토할 서료들을 가방에 담아 밖으로 나왔다.

꼬르륵!

일에 집중하느라 저녁밥을 걸러서 그런지 뱃속에서 신호를 보내왔다.

"미령 씨는 저녁 먹었나요?"

"아직 먹지 못했습니다. 저도 퇴근하면서 먹으려고 했습니다."

"그럼 제가 저녁 사드릴 테니 함께 가시죠?"

"괜찮습니다."

"아니에요. 이렇게 늦게까지 일하시는데 저녁이라도 사드려야죠. 회사 앞에 맛있는 설렁탕집 있어요. 설렁탕 괜찮으시죠?"

김대철 사장 때문에 알게 된 설렁탕집을 계속해서 찾게되었다.

맛도 좋았지만 사장의 인심이 좋았기 때문이다.

"예, 저도 설렁탕 좋아합니다."

"잘됐네요. 명동에서 알아주는 맛집이니 알아두면 좋을거에요."

늦은 저녁을 먹으러 가는 명동 길은 사람들로 북적거렸다.

한참 뒤의 일이겠지만 이 거리에 한류로 인해서 외국인들이 몰려들 때에는 더 복잡해질 것이다.

*　　　　*　　　　*

저녁때가 지난 시간이었지만 만경옥은 사람들로 붐볐다. 맛있는 집으로 소문이 나서 그런지 사람들이 더 늘어난 것 같았다.

"어서 오세요. 오늘은 다른 분이 함께 오셨네? 예쁜 아가씨는 여자 친구?"

여사장은 반갑게 나를 맞이해 주었다.

김대철 사장 덕분에 나는 귀빈 대접을 받고 있었다.

김미령은 여사장의 말에 귓불 아래가 살짝 붉어졌다.

"하하! 아닙니다. 같은 회사 직원입니다."

"아이고! 내가 실수했네그려. 미안해요, 아가씨."

여사장은 미안한 듯 바로 사과를 했다.

"아닙니다. 그럴 수도 있죠."

김미령은 그리 기분이 나쁜 표정이 아니었다.

"뭐 먹을 거요? 내 대신 맛있게 해줄게."

"수육하고 설렁탕 주세요."

"술은 안 하시나?"

여사장이 물었다.

"술은 괜찮습니다."

그때였다.

"맥주는 한잔할 수 있습니다."

김미령의 말이다.

"어! 그러면 맥주 한 병 주세요."

"알겠습니다."

여사장이 주문을 받고는 주방으로 향했다.

"미안해요. 내가 의사도 묻지 않고."

"아닙니다. 날씨도 덥고 해서 시원한 맥주가 생각나서요."

"내가 괜히 뜨거운 음식을 먹자고 했나요?"

"아닙니다. 이열치열인데요."

김미령은 자신의 의사 표현을 확실히 하는 타입인 것 같았다.

잠시 뒤 기다리던 음식이 나왔다.

시원한 맥주를 김미령의 잔에 따라주었다.

"열심히 일해줘서 고마워요. 힘든 일이 있으면 기탄없이 말해주고요."

"고맙습니다. 한데 우리 회사가 정말 대표님 말씀처럼 외국에서도 알아주는 라면 회사가 될 수 있을까요?"

신입사원을 뽑고 나서 나는 그들에게 앞으로 도시락이 나아갈 방향성을 이야기해 주었다.

국내에 머물지 않고 국제적인 라면 회사로 도약할 것이라고 말했다.

"물론이죠. 그 시발점이 올해부터입니다."

나는 자신 있게 말했다.

만약 러시아에 현지 공장을 짓게 된다면 소요될 자금 중 일부분을 충당하기 위해서 조금씩 신세계 주식과 연말에 상승할 주식들을 사들이고 있었다.

현재 가지고 있는 현금으로 공장을 짓기에는 부족했다.

"음, 솔직히 제 생각을 말씀드리면 대표님의 말씀이 조금은 허황되게 들립니다. 국내 라면 시장에서 도시락이 차지하는 비중은 제가 알기로 1%도 될까 말까 합니다. 더구나 새로운 제품을 개발해서 내어놓은 것도 아닌데 어떻게 그러한 일이 가능한지 알고 싶습니다."

김미령은 똑 부러지게 자신의 의견을 말했다.

회사 대표인 내 앞에서 이렇게 자신의 의견을 자신 있게 말하는 직원은 드물었다.

"음, 어떻게 말을 해주어야 할까요? 솔직하게 말하자면 그 해답은 소련에 있습니다."

"소련이요?"

김미령은 내 말에 놀라는 표정이었다.

"우리 회사가 지금 부산에서 벌이고 있는 마케팅을 알고 있지요?"

"예, 부산에 들어오는 소련 사람들에게 도시락라면을 나눠 주고 있는 것 말씀이지요? 그게 어떤 효과가 있는 것입니까?"

김미령은 학생이 선생님에게 문제의 해답을 묻듯이 나에게 계속해서 질문을 던졌다.

"현재 소련은 여러 가지 내부적인 사정으로 인해서 먹거리가 부족한 상태입니다. 지금 우리가 벌이고 있는 마케팅은 그 부족한 먹거리를 도시락라면으로 채우게 하려는 것이지요. 현재 한소수교 이후 사할린과 블라디보스토크에서 들어오는 보따리상들이 크게 늘어난 상태입니다. 그들은 지금 소련에서 필요한 소비재를 구입해 가고 있죠. 처음은 금액이 크지 않지만 점차적으로 구매비용이 늘고 있습니다. 그중에서 가격적인 메리트가 큰 라면이 구입 대상이 되고 있습니다."

지금까지 이러한 자세한 설명을 해준 사람은 김미령이 처음이다.

"아! 그렇구나. 그렇다면 대표님이 도시락라면을 선택하신 것은 즉석으로 먹을 수 있고 간편해서겠네요?"

"물론 그것도 맞습니다. 소련의 주식은 감자와 흑빵이죠. 거기다가 수프를 만들어 먹기도 합니다. 하지만 대부분 감자와 빵을 그대로 먹습니다. 여기에 라면 국물을 더한다면 간편하게 수프를 대신할 있게 됩니다. 아주 싼 가격에 말이죠."

나는 여러 가지 노림수를 가지고 있다. 하지만 모든 것을 다 이야기하지는 않았다.

"이제야 알겠습니다. 참 대단하시네요. 어느 라면 회사도 생각지 않는 것을 시도하시는 거잖아요."

김미령은 내 이야기를 듣고는 마치 나를 다시 보게 되었다는 얼굴 표정이다.

"자, 이제 궁금증이 풀렸으니 맛있게 저녁을 먹을까요?"

"예, 정말 잘 먹겠습니다."

김미령의 씩씩한 대답처럼 음식도 맛있게 먹었다.

맥주 한 병을 더 시켜 마실 때 김미령이 좋은 아이디어를 내어놓았다.

"한데 저희 도시락라면은 젓가락으로 먹는데 소련 사람들은 젓가락질을 잘 못하잖아요."

"소련인은 젓가락이 아니라 대부분 포크로 식사를 하죠."

"그렇다면 슈퍼에서 나눠 주는 나무젓가락이 아닌 도시락라면에 일회용 포크를 포함시키면 편하겠네요."

대부분의 가게에서는 즉석라면을 구입하면 나무젓가락을 함께 준다.

"하하하! 좋은 아이디어네요. 수출용 도시락라면에 작은 일회용 포크를 삽입하면 정말 어디에서나 먹을 수 있겠어요. 당장 실행할 수 있도록 내일 개발실에 이야기해야겠습니다."

기분이 좋았다.

사소한 아이디어가 제품의 판매에 큰 반향을 일으키는 일이 많았다.

"오늘 제가 저녁 밥값은 했네요."

"크게 했습니다. 앞으로 자주 미령 씨와 저녁을 먹어야겠어요."

"후! 매번 아이디어를 낼 수는 없는데요?"

"하하하! 그럼 오늘 낸 아이디어는 한 달 치 저녁 식사로 치죠."

즐거운 식사 시간이었다.

김미령의 아이디어는 다음 날 바로 식품개발팀에 연락을 취해 다음 달에 생산되는 도시락라면에는 작은 일회용 포크를 삽입하기로 했다.

도시락라면의 수출용에만 들어가는 작은 플라스틱 포크는 PC 케이스를 납품하는 박인용 사장이 납품하기로 했다.

부산에서 시행하는 이벤트 때문인지 한국을 방문하고 돌아가는 러시아인들이 서서히 도시락라면을 한두 박스씩 구입하기 시작했다.

도시락라면을 사가는 시간도 좀 더 앞당겨진 것이다.

이러한 반응을 다른 라면 회사들은 대수롭지 않게 생각했다.

도시락의 마케팅팀은 국내보다는 온전히 소련 수출에 맞

추어서 팀이 구성되었다.

또한 러시아인들이 자주 찾는 부산의 텍사스촌에 마케팅 팀을 파견하여 도시락라면에 대해 설문조사를 했다.

러시아인과 한국인의 입맛은 다르기 때문이다.

설문조사를 바탕으로 제품개발팀도 발 빠르게 움직이고 있었다.

러시아인에 맞추어 보다 덜 맵고 덜 자극적인 라면 스프 개발에 열을 올리고 있었다.

*   *   *

소련으로 출발하기 하루 전날이었다.

일정을 변경해서 바로 모스크바로 날아가지 않았다. 일 단 블라디보스토크로 향하기로 했다.

러시아 보따리상인과 별도로 극동 지역을 커버할 수 있 는 지점을 만들기 위해서였다.

아예 본격적으로 극동 지역에 직접적인 수출 길을 열 생 각이다.

해외영업팀에 소속된 직원을 대동하여 보관 창고와 판매 소까지 알아볼 예정이다.

이미 미하일 호도르콥스키의 소개로 이반느 블리노브치

라는 인물을 소개받았다.

블라디보스토크의 큰 수입상 중 하나이다.

주로 일본에서 가전제품과 중고차를 수입해서 판매하는 인물로 극동 지역에서는 힘깨나 쓰는 인물이라는 소리를 호도르콥스키에게 전해 들었다.

호도르콥스키의 대학 친구 삼촌으로 호도르콥스키에게 많은 도움을 주고 있는 인물이기도 했다.

저녁을 먹고 앞마당 평상에서 예인이가 끓여 내온 국화차를 마셨다.

"출장은 얼마나 걸려?"

가인이가 궁금한 듯 물었다.

"이 주 정도인데 이삼 일 더 걸릴 수도 있고."

"소련은 공산국가인데 괜찮은 거야?"

예인이가 걱정스런 표정으로 물었다.

"괜찮아. 우리나라하고 수교도 했잖아. 앞으로 우리와 많은 일을 할 나라가 될 거야."

"라면 회사는 또 언제 만든 거야? 회사만 잔뜩 만드는 거 아냐?"

가인이에게 농담 삼아서 라면 팔러 간다고 말했다.

"내가 원해서 만든 게 아니라 기존 라면 회사에서 공장을 인수해 달라고 요청한 거야. 그리고 라면 회사에 자금을 빌려준 분과 함께 투자해서 인수한 거지."

"몸은 하난데 회사는 가만있자, 하나, 둘, 셋……. 와! 자그마치 다섯 개네? 어떻게 다 운영하는 거야?"

가인이는 손가락으로 내가 운영하고 있는 회사를 헤아렸다.

"후! 그렇지 않아도 이제 힘에 부친다. 이제 더 이상은 만들지는 않을 거다."

"하여간 오빠는 대단한 사람이야. 이 나이에 회사를 다섯 개나 가지고 있으니까."

예인이가 엄지손가락을 치켜세우며 말했다.

"후후! 다 내 소유는 아니야. 공동으로 지분을 소유한 거니까."

"오빠가 회사 대표라며? 회사 대표가 회사를 운영하는 거 아냐?"

"대표라도 마음대로 할 수 없는 게 많아. 하여간 내가 없는 동안 말썽부리지 말고 공부 열심히들 하고 있어. 내가 저녁마다 전화할 테니까."

나는 목소리에 힘을 주고 말했다. 집을 다시 비우게 되니 걱정이 되었다.

이전에는 내 부상으로 한 달간 집을 비웠지만 지금은 업무 때문이다.

두 사람의 실력은 믿지만 집에 고등학생 여자 둘만 있다는 게 알려지면 좋을 게 없었다.

"어라! 꼭 아빠처럼 말씀하시네?"

가인이가 특유한 표정을 보이며 말했다.

"송 관장님이 안 계시면 내가 아빠나 마찬가지지. 두 사람을 내가 믿고는 있지만 혹시나 하는 마음에 걱정이 돼서 그래."

흑천과의 관계 때문이다.

흑천에서는 나를 찾고 있을 수도 있었다.

자존심에 크게 상처를 입은 도운이 우는 사자처럼 나를 삼키기 위해 찾고 있을 것이 분명했다.

자칫 나 때문에 가인이와 예인이가 피해를 입지 않을까 염려되었다.

"우리 걱정은 하지 마시고요, 라면이나 많이 팔고 오세요. 팔다가 남은 건 집으로 가지고 오시고요."

가인이는 술잔을 부딪치듯이 내가 마시는 찻잔에 자신의 찻잔을 부딪치며 말했다.

여러 번 해본 솜씨다.

"술 좀 마셨나 보네? 찻잔을 부딪치는 솜씨가 예사롭지 않은데?"

"몰랐어? 오빠가 가르쳐 주었잖아?"

"뭔 소리야?"

가인이가 하는 말이 도통 무슨 뜻인지 알 수가 없었다.

"기억이 나지 않으시나요?"

"안 나는데?"

"오빠가 나를 포장마차로 불러냈을 때 기억나지?"

동수의 집 문제로 술을 마실 때다. 둘 다 인사불성이 될 때까지 술을 마셨다.

"어? 그때 아무 일도 없었잖아?"

"아무 일도 없었는지 있었는지는 기억조차 못하잖아. 그때 오빠가 소주잔을 내게 주면서 따라주더라고."

"술을?"

"아니, 사이다를."

"후우! 그럼 그렇지."

나는 가인이의 말에 한숨을 쉬며 말했다.

아직 고등학생인 가인이에게 술을 주었다면 큰일 날 수 있는 일이었다.

"그렇지만 그때 계속해서 술잔을 부딪치면서 마셔야 한다며 얼마나 나를 괴롭혔다고."

"내가 그랬다고? 설마?"

"어어! 오빠 친구인 동수 오빠가 말하지 않았어?"

"아니. 동수도 술을 많이 먹어서 기억이 나지 않는다고 하던데?"

동수에게 전해 들은 말은 별로 없었다.

나나 동수나 술에 취해서 그날 일을 기억하지 못했다.

"그럼 내가 어디서 배웠겠어?"

"언니는 거짓말하지 못하는데."

옆에서 가만히 듣고만 있던 예인이가 가인이를 거들었다.

머릿속에서 아무리 기억해 보려고 해도 떠오르는 것은 오로지 가인이와 포장마차에 함께 있었다는 것뿐이다.

'사실인가 보네. 아, 바보. 왜 그런 짓을 했을까?'

"후! 내가 잘못했다. 고등학생을 포장마차에 불러내서 못할 짓을 시켰네."

"아니, 괜찮아. 뭐, 올해가 지나면 나도 당당히 갈 수 있는 곳이니까. 그때는 사이다가 아닌 진짜 소주로 한잔하자고."

가인이는 아무렇지도 않게 말했다.

"그때는 나도 참석할게."

예인이도 덩달아 포장마차에 가겠다고 나섰다.

둘 다 서울대에 충분히 들어갈 수 있는 실력을 갖추고 있어 지금의 말이 현실이 될 것 같았다.

'나중에 정말 함께 학교를 다니면 장난이 아닐 거야.'

"OK! 서울대에 들어오면 이 오빠가 포장마차뿐만 아니라 더 좋은 곳에도 데려가 줄 테니까 먼저 합격이나 하세요."

"약속했다? 예인이 너도 들었지?"

가인이는 내 말을 확인하듯 예인이에게 물었다.

"물론. 갈 데 다 생각하고 있을 테니까 약속 꼭 지켜야 해?"

예인이는 이미 가볼 곳이 있다는 말투이다.

"그래, 이 오빠가 머릿속에 꼭 집어넣고 있을 테니까 공부 잘하고 있어."

두 자매와 함께 티격태격 말을 나누는 것이 항상 즐겁고 행복했다.

처음 만났을 때와는 분위기도 많이 달라졌고, 옆에 없으면 허전한 기분이 들 정도로 서로가 가까워진 상태였다.

더구나 가인이와 예인이의 미모는 하루가 다르게 변하고 있었다.

두 사람이 다니는 미용실에서는 미스코리아 대회에 나가라고 성화였다.

어디를 가든 눈에 띄었고, 하루에 적어도 한 번쯤은 남자들의 대시를 받고 있었다.

"우리 두 사람 걱정하지 마시고 오빠나 건강하게 잘 갔다 오세요. 전에처럼 다치거나 아프면 이젠 가보지도 못하니까요."

가인이는 말을 끝내고는 코팅된 사진 한 장을 내밀었다.

요즘은 원하는 연예인 사진이나 잘 나온 사진을 코팅해서 가지고 다니는 게 유행이었다.

가인이가 건넨 사진은 가인이와 예인이 두 자매와 함께 찍은 사진이었다.

나를 가운데 두고서 두 자매가 팔짱을 낀 채 지금 앉아 있는 평상에서 찍은 것이다.

"야야! 잘 나왔는데?"

"지갑에 잘 넣어놓고 하루에 한 번씩은 꼭 꺼내봐. 그래야 다른 여자들을 쳐다보지 않을 것 아냐."

가인이는 마치 애인을 단속하듯이 말했다.

"어디 우리 가인이 무서워서 다른 여자 쳐다볼 수나 있겠냐. 하여간 사진 고맙고, 잘 갔다 올게. 자, 이제 들어가자."

한국에서의 마지막 밤이다. 2주 동안이나 처음으로 한국을 떠나보는 것이다.

이전의 삶에서도 대한민국을 떠나보지 못했다.

살아가는 삶이 피곤했고 먹고살기 바쁘다는 핑계 때문이었다.

이제는 나 하나만의 성공을 위해서 뛰는 것이 아니다.

나를 믿고 따르는 많은 사람을 위해서도 성공해야 되는 상황이었다.

　내일 소련으로의 출국이 어쩌면 내 미래에도 지대한 영향을 끼칠 수 있는 사건이 될 수도 있다는 느낌이 들었다.

Chapter 7

　김포공항에서 부산 김해공항으로 가기 위해 비행기에 올랐다.

　아직까지 항공기로는 블라디보스토크에 갈 수 없었다.

　군사기지가 많은 블라디보스토크의 영공을 지날 수가 없었다.

　부산항에서 블라디보스토크로 가는 여객선을 타고 가는 방법밖에는 없었다.

　블라디보스토크에서 일을 마친 후에는 비행기를 타고 모스크바로 향할 예정이다.

도시락의 해외영업부를 맡고 있는 조상규 과장과 동행했다.

그리고 부산에서 섭외한 빅토르 최라는 고려인을 대동했다.

할아버지와 할머니가 한국인인 고려인 3세였다.

한국말을 능수하게 잘했고, 소련의 극동국립대학교를 졸업한 인물이다.

극동러시아 가운데 최대 규모의 대학으로, 2008년 러시아연방 정부로부터 러시아 최상위 5위권 대학에 선정되었다.

빅토르 최는 할머니의 고향을 방문하기 위해서 함께 한국을 방문 중이었다.

빅토르 최의 하루 일당은 한국 돈 3만 원으로 모두 달러로 지급하기로 했다.

소련에서는 만져볼 수 없는 큰 금액이다.

일을 잘해주길 바라는 마음에 소련에 선물로 가져가는 닉스신발을 한 켤레 주자 빅토르 최는 연신 감사하다는 말을 끝없이 해댔다.

모든 것이 부족한 소련에서 닉스신발은 최고급 신발로서 쉽게 구할 수 있는 것이 아니었다.

아직까지 나이키나 아디다스 같은 신발 브랜드도 소련에

진출하지 않은 상태였다.

부산에서 블라디보스토크까지는 955㎞로 배편으로 18시간이 걸렸다.

우리가 타고 가는 배는 올가 사드후스까야호였다.

이 배는 블라디보스토크와 부산을 잇는 유일한 여객선이었다.

배에 오르면서 많은 러시아인이 한국에서 구입한 물건을 배에 싣는 것을 보았다.

값싼 운동화와 옷가지들, 그리고 도시락라면이 눈에 띄었다.

배에 탄 러시아인들 모두가 도시락라면을 한 박스 이상씩 구입했다.

어떤 보따리상은 열두 박스를 구입해 가기도 했다.

블라디보스토크까지 화물비용을 지불해도 충분히 남는 장사라고 여기기 때문이다.

"대표님, 정말 도시락라면만 많이들 구입해 가는데요."

조상규 과장의 말처럼 다른 라면 회사 제품은 보이지가 않았다.

"앞으로 더 많이들 구입할 것입니다. 현지에 공장을 설립할 수 있는지 확인해 보고 안 되면 직접 수출하거나 판매소까지 알아봐야 됩니다."

현지 공장 설립을 계획하고 있었다.

하지만 그것이 안 된다면 도시락라면과 식료품을 직접 판매할 수 있는 판매소를 설립할 생각이다.

*　　　*　　　*

배에 올라탄 지 정확하게 18시간을 지나 목적지인 블라디보스토크에 도착했다.

오전 9시에 출발해서 새벽녘에 떨어진 것이다.

눈에 보이는 풍경이 모두 낯설었다. 항구는 부산항처럼 크게 느껴지지 않았다.

하지만 부산항과 다른 것은 많은 군함이 주변에 늘어서 있다는 점이다.

잠에서 덜 깬 모습으로 사람들은 각자 짐을 챙겨서 배에서 내렸다.

배 아래에는 항만 관리들이 나와 하선하는 승객들의 짐을 검사했다.

처음 접하는 일이라 조금은 긴장이 되었다.

여권과 승선한 배의 티켓을 내밀었다.

"무엇 때문에 방문한 것이오?"

나를 보자마자 던진 질문이다.

러시아어를 그동안 공부해 오고 있었기에 일상적인 언어는 알아들었다.

"사업 차 방문했습니다."

내 입에서 러시아어가 나오자 항만 관리는 의외라는 표정이다.

"무슨 사업인지 물어도 되겠습니까?"

항만 관리는 궁금한 듯 물었다.

"소련에 꼭 필요한 식품 사업 때문입니다."

내 말에 항만 관리는 나를 한 번 더 바라보더니 여권에 순순히 도장을 찍어주었다.

소련 관리들은 외국인에게 조금은 배타적이었다.

소련을 방문하는 외국인도 아직까지는 적었다.

더구나 블라디보스토크를 방문하는 외국인은 다른 지역보다도 훨씬 적었다.

그도 그럴 것이, 우리보다 앞줄에 서 있던 다른 한국인에게는 수십 차례 질문을 던졌다.

소련에서 생산되는 값싼 석탄을 수입하기 위해 방문한 한 대기업의 직원들이었다.

통역을 대동했지만 수월치가 않았다.

한참을 실랑이를 벌이다가 항만 관리와 함께 어디로 갔다 오고 나서야 여권에 입국 도장을 받았다.

아마도 뇌물을 건넸을 것이다. 빅토르 최의 말로는 이러한 일이 흔하다고 한다.

"대표님, 소련 말을 정말 잘하시네요."

함께 동행한 조상규 과장의 말이다.

"발음도 정확하네요. 본토 발음이었습니다."

빅토르 최 또한 놀라며 나를 칭찬해 주었다.

그 또한 내가 러시아를 어느 정도 사용할 줄 안다는 것을 모르고 있었다.

"아직 많이 부족합니다. 기본적인 말밖에는 구사하지 못합니다."

"저는 소련을 방문한다고 해서 노어 회화 책을 사보려고 했는데 너무 어려워서 포기했습니다."

대학교에서 가르치는 것은 러시아어인 노어과와 노어노문학이다.

소련과의 수교 이후 노어학과가 큰 관심을 받고 있었다.

"저는 한국말을 배울 때가 더 어려웠습니다."

빅토르 최의 말이다.

"그런가요?"

조상규 과장이 반문했다.

"그럼요. 한국말은 정말 어려운 언어예요.

이런저런 이야기를 하면서 가져간 짐을 찾기 위해 고전

적으로 지어진 여객터미널로 향했다.

우리가 가져간 짐은 적지 않았다.

소련에서 일을 진행하기 위해 필요한 선물용 물품들이다.

터미널은 많은 사람이 자신들이 타고 온 배에 실어 보낸 물건을 찾기 위해 혼잡했다.

한데 우리와 함께 온 짐은 기다려도 나오지가 않았다.

"어떻게 된 거죠? 다른 사람들은 짐을 다 찾았는데."

조상규 과장의 말처럼 우리보다 나중에 도착한 사람들도 짐을 다 찾아가고 있었다.

"제가 한번 알아보겠습니다."

빅토르 최가 짐을 검사하는 인물에게 다가가 뭔가를 이야기했다.

얼핏 들려오는 소리는 기다리라는 말이었다.

아마도 우리가 외국인이란 것을 알고 그러는 것 같았다.

한마디로 통관료를 내라는 것이다.

정해져 있는 기준이 소련에서는 지켜지지 않고 있었다.

우리와 함께 배를 타고 온 한국인들도 투덜거리며 별도의 돈을 주고서야 물건을 찾았다고 한다.

빅토르 최가 땀을 흘려가며 설명하고 있었지만 짐을 내어주는 인물은 고개를 좌우로 흔들 뿐이었다.

빅토르 최는 어떻게든 자신의 몫을 해내려고 애를 쓰는 모습을 보였지만 짐을 담당하는 관리는 요지부동(搖之不動)이었다.

"뭐라 그럽니까?"

러시아 말을 알아듣지 못하는 조상규 과장이 물었다.

"외국에서 온 물건이라 방역 때문이라며 시간이 얼마나 걸릴지 모르겠다고 합니다."

"하하! 정말 말도 안 되는 소리를 하네요. 아니, 저 사람들이 찾아가는 물건들은 어디서 온 것입니까?"

헛웃음을 뱉어내는 조상규는 어이없다는 표정이다.

"한마디로 뇌물을 좀 달라는 것입니다. 여기서 일하는 인물 대다수가 이렇게 해서 자신들의 월급보다 많은 돈을 벌고 있지요."

빅토르 최의 말을 빌리면 이곳 항만 관리들은 러시아 보따리상뿐만 아니라 이곳을 방문하는 외국인들에게 여러 이유를 붙여 돈을 받고 있었다.

"대표님, 어떡하죠? 저희도 돈을 줄까요?"

조 과장이 나를 바라보며 물었다.

벌써 40분이 지나고 있었다.

계속 기다린다고 해도 물건을 내어줄 것 같지 않았다.

시간이 오전 7시를 향하고 있었다.

"아닙니다. 이곳에서 일을 해야 되는 우리가 처음부터 남들과 동일한 모습을 보인다면 저들은 한 번으로 끝나지 않고 계속해서 뇌물을 요구할 것입니다."

나는 호주머니에서 전화번호가 적힌 수첩을 꺼냈다.

미하일 호도르콥스키가 소개해 준 이반느 블리노브치의 전화번호다.

숙소를 정하고 나서 전화를 걸 생각이었다.

그러나 지금 그의 도움이 필요했다.

블리노브치가 이곳에서 어느 정도의 영향력을 행사하는지도 알고 싶기도 했다.

전화를 걸자 한참을 지나서야 어느 여자가 전화를 받았다.

"한국에서 온 강태수라고 합니다. 이반느 블리노브치 씨 좀 부탁드립니다."

내 말에 여자는 군말하지 않고 전화기를 누군가에게 넘기는 것 같았다.

─블리노브치요. 벌써 도착한 것이오?

그의 목소리는 칼칼하고 허스키했다.

"예, 한데 항구에서 발이 묶였습니다. 이곳 관리가 저희 물건을 내어주지 않습니다."

─러시아말을 아주 잘하는군. 그자를 바꿔주시오.

그의 말에 우리 짐을 내어주지 않은 관리를 불렀다.

수화기를 건네자 그는 황당해하는 표정이다.

그러나 곧 황당한 표정에서 무척이나 당황한 표정으로 바뀌었다.

수화기에서 큰 소리가 흘러나온다.

항만 관리는 자신이 잠시 착각했다면 용서를 구했다. 그리고 다시 수화기를 나에게 건네주었다.

─짐은 통과시켜 줄 것이오. 아지무트 호텔로 가시오. 내가 전화를 해놓겠소. 12시쯤에 사람을 호텔로 보낼 테니 그때 봅시다.

자신의 할 말을 다 끝내고 블리노브치는 전화를 끊었다.

블리노브치의 전화 통화는 모든 것을 바꾸어놓았다.

5분도 되지 않아서 보이지 않던 우리 짐이 여객터미널 문 앞까지 옮겨져 있었다.

블리노브치의 힘이 이곳에서 작지 않다는 것을 보여준 것이다.

우리는 그가 말한 아지무트 호텔에 짐을 풀었다.

18세 유럽풍의 멋진 건물이었지만 말이 호텔이지 우리나라 장급 여관보다도 시설이 떨어졌다.

*   *   *

11시 50분이 되자 블리노브치가 말한 대로 검은 세단 하나가 호텔 앞으로 들어섰다. 소련의 자동차 기업인 라다에서 만든 세단이다.

1986년 현대자동차에서 만든 초기 그랜저와 모양이 흡사했다.

자동차에서 내린 인물은 우리가 머물고 있는 숙소로 전화를 걸어왔다.

"블리노브치께서 보내서 왔습니다. 차량이 준비되었습니다."

"알겠습니다. 바로 내려가겠습니다."

호텔 창으로 차량이 들어오는 것을 보았다.

블라디보스토크는 차량이 아직까지 그리 많지 않았다.

대부분 관리들과 장사를 통해서 돈을 벌어들이고 있는 일부 계층에서만 개인 차량을 소유하고 있었다.

나머지는 공용 차량과 택시뿐이었다.

미하일 고르바초프 대통령이 페레스트로이카(개혁개방)를 추진하여 소련 국내의 개혁과 개방정책을 펼치고 있었지만 블라디보스토크는 그 과정이 더뎌 보였다.

간간이 보이는 일본 수입 중고 차량이 도로를 달리는 것이 보였지만 내가 볼 때는 당장 폐차를 해도 무방할 정도이다.

검은 세단에 올라타자 시큼한 냄새가 코를 자극했다.

나중에 알게 된 일이지만 이 차량은 산 사람만 태우고 다닌 차량이 아니었다.

차량의 시트 쿠션이 딱딱했다.

도로의 사정이 좋지 않아서 차가 덜컹거릴 때마다 엉덩이가 아팠다.

호텔을 출발한 지 30분 정도 지나자 시의 외곽에 성처럼 보이는 커다란 저택이 나타났다.

검은 세단은 그 저택으로 들어갔다.

안쪽으로 젊은 남자 여럿이 보였다. 다들 건장한 체격으로 저택을 지키는 듯한 모습들이다.

정문을 들어서려고 할 때 문이 열리며 군복을 입은 장성이 걸어 나왔다.

어깨에 있는 견장에는 별 세 개가 박혀 있다.

그는 나를 빤히 쳐다보다가 저택의 마당에 세워둔 자신의 차량으로 향했다.

그가 타고 갈 차량도 내가 타고 온 차량과 동일한 검은 세단이었다.

"안으로 들어가시지요."

나를 태우고 온 인물이 앞장서며 말했다.

이곳에는 통역을 위해서 빅토르 최만 동행했다.

조상규 과장은 호텔에 남아 있다.

빅토르 최는 이곳으로 오는 동안 한마디도 하지 않았다.

그는 무척이나 긴장한 모습이었다.

나 또한 빅토르 최와 마찬가지로 목이 탈 정도로 긴장되었다.

마치 이곳은 영화에서 보던 마피아 소굴처럼 생각되기도 했다.

저택의 거실에는 아양과 애교를 떨지 않는 귀족풍의 개인 보르조이 두 마리가 버티고 있었다.

그 옆으로 멋진 이태리 정장을 차려입은 중년의 두 사람이 보였다.

그중 하나가 이반느 블리노브치로 보였다.

나를 안내한 인물이 오른편에 서 있는 인물에게 다가가 귓속말을 했다.

"어서 오게. 자네가 강태수인가?"

그러자 내 이름을 어눌하게 발음하는 중년의 사내가 앞으로 나서며 말했다.

"예, 제가 강태수입니다."

"하하! 러시아말을 잘하는군."

블리노브치는 의외라는 표정이다.

"조금 할 줄 압니다."

"이곳에서 사업을 하려 한다고? 별로 할 만한 것이 없을 텐데?"

블리노브치는 바로 본론으로 들어갔다.

내가 잘 알아듣지 못하는 모양새를 보이자 빅토르 최가 나섰다.

"식료품 사업을 할 생각입니다. 이곳에는 먹거리가 많이 부족하니까요."

"그건 그렇지. 불쌍한 인민들에게 돌아갈 식량이 부족하지. 자, 이쪽으로 가세나. 점심 식사를 하지 않았을 것 같아 준비했네."

"예, 아직 먹지 않았습니다."

점심시간을 맞추어 약속을 잡은 것 같아 먹지 않았다.

블리노브치가 안내한 곳은 넓은 식당이었다.

적어도 열 명 이상 앉을 수 있는 식탁에는 다양한 요리가 놓여 있었다.

이곳 사람들이 쉽게 먹을 수 없는 음식들이다.

러시아가 자랑하는 캐비아(철갑상어 알)와 고기 수프인 보르시, 고기 꼬치구이인 샤시리크, 러시아 만두인 피로시키, 그리고 해산물을 이용한 요리가 풍성하게 차려져 있다.

"먼 곳에서 온 손님이니 많이 들게나. 호도르콥스키가 잘

해주라고 특별히 나에게 부탁했다네. 평소에 그런 말을 잘 하지 않는 친군데 말이야."

블리노브치가 호도르콥스키와 어떤 관계인지는 잘 모른다.

"이렇게 환대해 주시니 감사합니다."

"아닐세. 난 말이지, 호도르콥스키만 한 친구가 없다고 여기고 있네. 젊은 나이에 사업적인 감각과 수완이 보통이 아니거든. 그런데 그 친구가 자네를 대단히 칭찬하더군. 그래서 자네가 어떤 사람인지 무척이나 궁금했었네."

호도르콥스키가 어떤 말을 했는지는 모르지만 이곳에서 큰 영향력을 행사하는 블리노브치가 나에게 호감을 보이고 있다.

음식은 대체적으로 맛이 있었지만 몇몇 요리는 호불호가 갈렸다.

그리고 블리노브치가 따라준 최고급 보드카를 몇 잔 마셨다.

예전에도 보드카를 마셔본 적은 있지만 그건 아주 오래전 일이다.

보드카는 역시나 독했다.

더구나 대낮에 마시는 술이라서 그런지 취기가 빨리 느껴졌다.

건배가 몇 번 오가는 사이에 나는 블라디보스토크에서 식품 판매소와 도시락라면을 직접 수출하기 위한 창고와 판매소를 찾고 있다고 말했다.

"하하! 대단한 친구야. 누구나 자네 나이 때는 사업이 아니라 공부를 한다는 핑계로 놀러 다닐 생각들을 하는데 말이야."

"그렇게 봐주시니 고맙습니다."

그때였다.

식당 안으로 젊은 여자가 들어왔다.

하얀 피부에 금발을 가진 전형적인 러시아 미인이었다.

체형에 비해 작게만 느껴지는 얼굴이 마치 요정 같아 보이기까지 했다.

"오, 소냐! 이제 도착한 거니?"

젊은 여자를 향해서 환한 웃음을 보이는 블리노브치였다.

소냐라고 불린 여자는 블리노브치의 딸이었다. 원래 이름은 소피야 이반느 알렉산드로브나였다.

쉽게 부르는 이름이 소냐였다.

그녀는 올해 러시아 최고의 대학인 모스크바 국립대학교에 입학한 수재이기도 했다.

소냐는 활짝 두 팔을 벌리면서 환영하는 블리노브치의

볼에 입맞춤을 했다.

"손님이 계신 줄 몰랐네요. 식당에 계시다고 하기에."

소냐 또한 하얀 눈처럼 빛나는 이빨을 드러내며 말했다.

"아니, 잘됐다. 너에게 소개시켜 줄 친구가 있다. 한국에서 온 친군인데 호도르콥스키와 사업을 같이 벌이고 있단다. 너와는 나이가 같을 것이다."

블리노브치에게 나를 소개하면서 나이를 말했다.

"소피야 이반느 알렉산드로브나예요. 그냥 소냐라고 부르시면 돼요."

소냐는 러시아어가 아닌 영어를 구사했다. 외국인인 나를 위한 배려였다.

"강태수라고 합니다. 만나 뵙게 돼서 영광입니다."

나는 러시아어로 인사를 건넸다. 보드카로 인해서 얼굴이 붉어진 상태이다.

"오! 우리말을 아주 잘하시네요."

소냐는 놀라는 표정이다.

"아닙니다. 간단한 말만 할 수 있습니다."

"간단한 말이라고 하시지만 발음이 아주 정확하세요."

소냐의 목소리는 꾀꼬리처럼 맑고 투명했다.

"고맙습니다. 실례가 안 된다면 신발 치수를 물어봐도 되겠습니까?"

선물로 배에 싣고 온 신발 중에는 여자 운동화도 있었다.

짐은 모두 호텔에 풀어놓았다.

"왜 그러시죠?"

소냐는 뜻밖의 말에 반문했다.

"제가 선물로 운동화를 가져왔습니다. 저희 회사에서 만든 운동화입니다. 한국에서 꽤나 인기가 있습니다."

정확한 의사 전달을 위해서 빅토르 최가 통역을 해주었다.

"아, 예. 240㎜입니다."

생각보다 발이 작았다. 소냐의 키가 175㎝는 되어 보였기 때문이다.

다행히 치수가 맞는 신발이 있다.

블리노브치에게도 신발 치수를 물었다.

뭘 좋아하는지를 몰라 선물을 준비하지 못했다.

식사를 마치고 차를 준비할 동안 호텔에 전화를 걸었다.

호텔에 머물고 있는 조상규 과장에게 운동화를 가져오라고 했다.

블리노브치와 소냐에게 각각 두 켤레씩 모두 네 켤레의 운동화를 선물로 주기로 했다.

선물용으로 준비한 운동화는 모두 열 켤레이다.

소냐가 2층에 위치한 자신의 방에 올라가 짐을 다 풀 때쯤 조상규 과장이 도착했다.

말은 전했지만 두 사람은 닉스의 운동화가 얼마나 인기가 있는 제품인지, 또한 국제적으로 유명한 운동화인 나이키나 아디다스 제품보다 뛰어나다는 것을 모르고 있었다.

두 사람은 선물로 운동화를 준다는 말에 그리 기뻐하는 표정이 아니었다.

소련에도 운동화를 만드는 회사는 있었다.

하지만 그 질과 디자인이 현저하게 떨어졌다.

소냐는 아버지인 블리노브치 덕분에 나이키 운동화를 가지고 있었다.

조상규 과장이 가지고 온 신발 상자를 블리노브치에게 내밀자 조금 호기심을 보일 뿐이다.

블리노브치가 신발 상자를 열어볼 때에 소냐가 내려왔다.

소냐 또한 신발 상자를 열어보았다. 두 사람 다 실제 닉스 운동화를 보곤 눈이 커졌다.

지금까지 접해보지 못한 세련된 디자인에다 밑창은 처음 보는 형태이다.

"한번 직접 신어보십시오."

블리노브치와 소냐에게 권했다.

블리노브치는 올해 52세이다.

나이보다 배가 많이 나와 보이는 블리노브치는 살을 빼기 위한 운동을 시작한 지 얼마 되지 않았다.

내 말에 두 사람은 조깅화인 닉스에어-X를 신어보았다.

"와! 정말 편한데요. 제가 가지고 있는 나이키 운동화하고는 차이가 확 나네요."

소냐는 신발을 신고는 바닥을 쿵쿵거리는 소리가 날 정도로 발을 굴렀다.

"허! 소냐 말처럼 확실히 발이 편하군. 발목을 꽉 잡아주니까 움직임도 좋은데? 이런 좋은 신발을 선물해 주다니 정말 고맙군."

블리노브치도 만족해하는 표정이다.

소련에서는 구입할 수 없는 최고급 운동화다.

나이키의 판매 가격은 현재 소련에서 한국보다 두세 배까지 높은 가격에 거래되고 있었다.

호도르콥스키가 닉스 운동화를 수입하려는 목적도 제대로 된 제품은 이런 높은 가격을 받을 수 있기 때문이다.

"만족하신다니 다행입니다."

"정말 고마워요. 이런 좋은 신발은 돈을 주고도 쉽게 구할 수가 없어요."

소냐의 말처럼 이전보다도 많은 물품이 소련으로 수입되어 들어오고는 있었다. 하지만 품질 좋은 제품은 수량이 적었다.

"정말 이 신발을 자네 회사가 만들었나?"

"예, 제가 운영하는 닉스라는 회사에서 만들고 있습니다."

"허허! 정말 호도르콥스키가 말한 그대로이군. 라면 회사도 별도로 가지고 있는 것인가?"

블리노브치는 선물을 받고 나서는 나에 대한 질문이 많아졌다.

자신이 생각한 것보다도 눈에 보인 운동화의 품질이 한마디로 장난이 아닌 것이다.

일본에서 중고 자동차와 가전제품을 수입하고 있는 블리노브치이기에 종종 일본 제품인 아식스나 미즈노와 같은 운동화를 신어보기도 했다.

그는 가전제품과 공산품에 있어서는 일본 제품이 최고라는 생각을 갖고 있었다.

하지만 닉스 신발을 보자 생각이 변할 수밖에 없었다.

"라면 회사는 공동 소유입니다. 회사 운영은 제가 맡고 있습니다."

"하하하! 나도 자네 나이 때는 뭘 해야 될지를 몰라서 시간을 많이 축냈는데, 지금 그 나이에 이런 좋은 제품을 만드는 회사들을 운영하고 있다니 놀라울 뿐이네."

기분이 좋아진 블리노브치가 큰 웃음을 보이며 말했다.

그때 나는 조상규 과장에게 눈치를 주었다.

그러자 그는 호텔에서 가져온 도시락라면을 가방에서 꺼냈다.

미리 도시락라면을 준비해 오라고 말을 해놓았다.

"이게 바로 저희가 소련에 수출하고자 하는 라면입니다. 뜨거운 물을 붓고 3분이면 바로 먹을 수 있습니다. 한국에서도 많이 팔리는 제품입니다."

나는 도시락라면을 블리노브치에게 보여주었다.

"뜨거운 물 좀 가지고 와봐."

블리노브치는 옆에 서 있는 한 인물에게 말했다.

"포장이 세련되고 멋진데요. 용기도 고급스러워 보이고."

소냐가 도시락라면을 보면서 말했다.

식당으로 뜨거운 물을 가지러 간 사내가 돌아왔다.

"어떻게 하는 건가?"

"스프를 면 위에 골고루 뿌리시고 여기 보이는 선까지 물을 부으시면 됩니다. 그리고 난 후 뚜껑을 닫고 3분만 기다리시면 됩니다. 먹는 취향에 따라서 물의 양을 조절하셔도 됩니다."

블리노브치의 말에 나는 사내가 가지고 온 뜨거운 물을

도시락라면에 부으며 말했다.

3분 후 라면 뚜껑을 열자 김이 모락모락 나며 잘 익은 면이 드러났다.

"이제 여기 함께 동봉된 포크로 드시면 됩니다."

플라스틱 포크를 블리노브치에게 건넸다.

그는 이미 식사를 마친 상태이다. 배가 부른 후에 먹는 라면이라 그의 반응이 궁금했다.

하지만 라면을 먹어본 블리노브치의 표정이 확연히 달라졌다.

"음! 맛이 괜찮아. 배가 부르지 않았다면 단숨에 먹을 수 있을 것 같네. 소냐, 너도 한번 먹어보렴."

블리노브치는 딸인 소냐에게 포크를 건넸다.

소냐는 호기심 많은 소녀처럼 포크로 라면을 돌돌 감아 입으로 가져갔다.

"맛있는데요. 국물 맛도 괜찮을 것 같은데."

소냐는 조심스럽게 국물을 수저로 떠서 입으로 가져갔다.

"학교에서 나오는 수프보다 훨씬 좋은데요."

국물을 맛본 소냐의 말이다.

"사실 한국을 방문하는 러시아 분들이 도시락라면을 많이들 사가고 있습니다."

내 말에 블리노브치는 바로 도시락라면에 대해 관심을 드러냈다.

"판매소를 원한다고 했나?"

"예, 제품을 보관할 창고도 필요합니다. 이곳뿐만 아니라 소비에트연방에 제품이 모두 들어갈 수 있도록 유통망이 갖추어진 회사도 필요합니다."

나는 필요한 모든 것을 다 이야기했다.

"음, 판매소와 창고는 내가 준비해 줄 수 있는데, 소비에 트연방 전부를 커버할 수 있는 회사는 찾기 힘들 거야."

블리노브치의 말이 맞았다.

세계에서 제일 큰 땅덩어리를 소유하고 있는 소련이기에 각 지역마다 특색에 맞는 교통편이 발달했다.

더구나 물건을 운송하는 차량과 도로 사정이 썩 좋지 않았다.

러시아의 도로 사정이 좋지 않아 대부분의 물자 수송을 항공기와 철도에 의지하고 있었다.

따라서 러시아에서 철도는 도로를 대신하여 러시아 전역을 연결하는 기능을 하고 있었다.

세계에서 가장 긴 철도 구간인 시베리아 횡단 철도는 매우 중요하다고 할 수 있었다.

철도는 러시아 화물 수송의 80% 이상을, 여객 수송에서는 40% 이상을 담당하는 주요 운송 수단이다.

"그게 힘들다면 주요 도시만이라도 저희 물건이 들어갈 수 있으면 좋겠습니다."

"그건 가능할 수 있지. 노보시비르스크, 모스크바, 볼고그라드, 상트페테르부르크, 사할린, 야쿠츠크, 카잔 등에 사업적인 동반자들이 있다네. 그들에게 도움을 요청하면 될 거야. 한데 자네가 팔 물건은 운동화와 라면뿐인가?"

"아닙니다. 라디오와 컴퓨터, 전화기, 그리고 여러 가지 식료품입니다."

명성전자에서 생산하고 있는 제품을 모두 수출하여 팔 생각이다.

"모두 자네 회사에서 만드는 것들인가?"

"저희 회사에서 만드는 것도 있지만 한국의 다른 회사에서 만드는 물건도 있습니다."

"하하하! 대단한 친구야. 알린, 이 친구를 티토바로 데려가게. 저 친구를 따라가면 괜찮은 건물이 있는 곳을 알려줄 것이네. 나는 시장과 약속이 되어 있어 이만 나가봐야겠네. 필요한 것이 있으면 언제든지 연락하게나."

블리노브치는 약속된 시간보다 더 많은 시간을 나에게 할애해 주었다.

그는 내가 생각한 것보다도 블라디보스토크에서 상당한

거물인 것 같았다.

"도움을 주셔서 고맙습니다."

나는 정중하게 블리노브치에게 인사를 건넸다.

그와 함께 나서는 소냐는 나를 보며 가볍게 목례를 했다.

"가시지요."

알린이라는 친구가 나를 안내했다.

그의 차를 타고 티토바라고 불린 곳으로 나를 비롯하여 조상규 과장과 빅토르 최 모두가 향했다.

티토바는 블라디보스토크의 중심가에 위치한 7층짜리 건물이었다.

1층에는 잡화점과 중고 자동차를 판매하는 판매소가 있었고, 나머지 층에는 은행과 사무실로 쓰고 있었다.

백화점처럼 넓은 면적을 자랑하는 건물이었다.

1층에 거의 150평 정도 되는 공간을 사용할 수 있고, 2층에도 빈 사무실이 있었다.

나머지 층에도 빈 사무실이 있어 조금 손을 본다면 숙소로도 이용할 수 있을 것 같았다.

건물은 교통편도 좋고 항구에서도 그리 멀지 않았다. 예상한 대로 건물의 주인은 블리노브치였다.

그는 이러한 건물을 블라디보스토크에 두 개나 더 가지고 있었다.

식품 판매소와 창고로 쓸 수 있는 건물을 생각보다 어렵지 않게 구할 수 있게 되었다.

가장 힘들게 생각하던 부분이 너무나 손쉽게 풀렸다.

Chapter 8

　공장과 관련된 부분은 쉽게 결정할 문제가 아니었다. 현지의 사정이 생각보다 좋지 않았다.

　공사에 필요한 자재도 부족할 뿐만 아니라 전문적인 건설 인력도 부족한 상태였다.

　공장을 짓기 위해서는 한국에서 적지 않은 인력이 현지로 들어와야만 했다.

　우선적으로 블라디보스토크 판매장에서 근무할 사람들을 현지에서 모집해야 한다.

　한국어와 러시아어를 동시에 할 수 있는 인물들을 우선

적으로 선발하기로 했다. 고려인 2세나 3세가 적지 않아 가능할 것이다.

빅토르 최 또한 내가 블리노브치와 나눈 대화를 듣고는 적극적으로 도시락에 입사를 원했다.

그는 현지에서 다른 직장에 들어가는 것보다 내 밑에서 일을 하는 게 자신에게도 큰 이익이라는 것을 알고 있었다.

"제가 연락하면 이곳으로 달려올 친구가 세 명 정도 있습니다. 나머지는 졸업 후 직장을 구하기 위해서 모스크바나 상트페테르부르크로 떠났습니다."

모스크바는 소련의 수도로서 상트페테르부르크는 유럽과 가까워 이곳보다는 일자리가 많았다.

"세 명 다 고려인인가요?"

"예, 3명 다 고려인 3세입니다. 같은 대학을 나온 동기이기도 합니다."

"그들도 도시락에 입사하기를 원할까요?"

"당연합니다. 할아버지와 할머니의 나라 회사에 입사한다는 것은 그들도 자랑스럽게 여길 것입니다. 더구나 이렇게 미래가 밝은 회사를 거부한다는 것은 말도 안 됩니다. 사실 블라디보스토크에서 좋은 일자리를 찾기란 힘든 일입니다."

소련의 최대 해군기지가 위치해 있는 블라디보스토크는 연해지방 최대 어업기지이며, 포경선·게 가공선·냉동선의 근거지이다.

겨울철에는 항구 안이 다소 결빙하지만, 쇄빙선을 사용함으로써 1년 내내 활동이 중단되지 않는다.

그래서인지 직업군인과 어업에 종사하는 사람이 많았다.

수교 후에는 잡은 물고기를 한국이나 일본에 수출하기 시작했지만 어업 외에는 특별하게 다른 산업 분야가 없었다.

항구의 남쪽에 조선소가 있었지만 군함을 수리하는 역할뿐이었다.

그래서인지 대학을 나온 사람들은 정부기관이나 공공기관, 박물관, 대학 등에 취업하는 경우가 많았다.

문제는 그러한 곳은 한정된 자리밖에는 없었다.

박물관과 역사적으로 가치 있는 유적지 등은 많았지만 관광 시설 부족으로 인해 관광객을 받을 입장도 아니었다.

"그러면 연락을 취하세요. 이곳 블라디보스토크에 판매장과 함께 소련연방을 담당하는 영업부를 두려고 하니까요."

처음 생각하던 것과 달리 너무 급하게 달려가지 않을 생각이다.

우선적으로 블라디보스토크와 사할린에 판매소를 세워 판매 시장을 조금씩 넓혀가기로 했다.

"알겠습니다. 지금 당장 연락을 취하겠습니다."

빅토르 최는 흥분된 표정이었다.

좋은 회사에 들어가는 것도 좋았지만 생각이 비슷한 친구들과 일을 함께한다는 것도 행복한 일이다.

"판매소를 채울 상품들을 섭외하시고요, 한국에 연락해서 마요네즈와 케첩을 생산하는 공장을 알아보라고 하세요."

"아니, 마요네즈와 케첩은 왜?"

조상규 과장은 의구심이 가득한 표정으로 물었다.

"소련 사람들의 주식은 흑빵과 감자류입니다. 주식이 이런 종류이니 아무래도 스프레드(Spread:빵에 발라먹는 식품)와 소스가 필요할 것입니다. 마요네즈와 케첩은 감자 샐러드를 만들 때나 익힌 감자를 찍어먹을 때 좋죠. 물론 빵에 발라 먹어도 괜찮겠죠."

이 모든 것은 블리노브치와 식사를 할 때 느낀 점이다.

이곳을 방문하기 전에 소련 사람들의 음식 문화에 대해서 조사했다.

식사할 때 테이블 위에는 여러 가지 소스(sauce)가 놓여 있었다.

일본 제품도 있고 소련에서 만든 제품도 있었다.

나는 일부러 소스를 모두 이용했다.

문제는 소련 제품은 맛이 떨어졌고, 일본 제품은 맛이 밋밋했다.

더구나 일본 제품은 가격적으로도 비쌌다.

한국에서 판매하는 제품들을 들여온다면 성공을 할 수 있다는 생각이 들었다.

실제로도 마요네즈와 여러 소스가 수출되고 현지에 공장을 만들기도 했다.

나는 그 시점을 더 빠르게 하려는 생각이다. 물론 도시락 상표를 달고서 말이다.

"아! 무슨 말씀인지 알겠습니다. 당장 본사에 연락을 취하겠습니다."

"그리고 이곳에서 인기 있는 소스와 스프레드 제품들을 구입해서 한국으로 보내세요. 한국에서 맛을 보완해서 만들 수 있는지도 알아보시고요."

현지에서 만들어지는 제품은 얼마 되지 않았다.

충분히 맛을 보완하고 보기 좋게 만든다면 판매에는 전혀 문제될 것이 없었다.

조상규 과장에게 이것저것을 지시할 때 창밖이 시끄러웠다.

호텔 밖에선 한 사내가 호텔 직원들과 실랑이를 벌이고 있었다.

삐쩍 마른 몸에 눈매가 날카로운 동양인처럼 보이는 사내가 자기보다 덩치가 큰 두 명의 사내를 어렵지 않게 상대하고 있었다.

동양인처럼 보이기에 고려인가 눈여겨봤지만 고려인은 아니었다.

그때 마침 빅토르 최가 호텔방으로 들어왔다.

"저 사람들, 왜 싸우고 있는 거죠?"

나의 말에 빅토르 최는 호텔 직원에게 들은 말을 전했다.

"이곳 호텔에서 며칠 동안 잡일을 했는데 돈을 받지 못했다고 합니다. 아마도 불법체류를 하고 있는 북한 사람 같습니다."

그 말에 나는 유심히 사내를 살폈다.

건장한 러시아인을 여유롭게 상대하는 모습이 예사롭지 않았기 때문이다.

"돈을 주란 말이야! 에이, 쌍!"

사내는 신경질이 나는지 자신의 어깨를 잡은 러시아인을

집어 던졌다.

땅에 나자빠진 인물은 몸무게가 적어도 90kg이 넘어 보였다.

러시아인이 넘어진 곳은 다행히 잔디가 심어진 곳이라 맨바닥보다는 충격이 덜했을 것이다.

하지만 고통스런 그는 표정으로 쉽게 일어나지를 못했다.

더구나 북한인이라고 추정되는 사내가 보여준 동작은 유도와는 전혀 다른 동작이었다.

자신의 동료가 당하자 다른 러시아인은 손에 잡고 있는 무전기로 어디가로 연락을 취하고 있다.

아마도 다른 동료들을 부르는 것 같았다.

"개새끼들! 뭬! 그딴 돈 더러워서 안 받는다!"

북한인도 돈을 받기 어려운 상태가 되었다는 것을 아는지 물러나고 있다.

사태가 커지면 사내에게 유리할 것이 없었다.

"가서 저 사람 좀 데리고 오세요."

나는 빅토르 최에게 말했다.

"위험한 사람일 수 있습니다."

빅토르 최는 염려스런 눈빛을 보이며 말했다.

"괜찮으니까 가서 데리고 오세요."

"알겠습니다."

내가 다시 한 번 말하자 빅토르 최는 밖으로 향했다.

얼마 뒤 빅토르 최는 낡은 작업복 차림의 사내를 데리고 왔다.

가까이에서 보니 사내는 더 말라 보였다. 제대로 먹지를 못한 것 같았다.

"저를 왜 보자고 하셨소?"

사내의 억양으로 볼 때 북한 사람이 맞았다.

"외국 땅에서 동포가 어려움을 당하고 있는 것 같아서 불렀습니다. 무슨 일입니까?"

"남조선 사람이오?"

사내는 조심스럽게 내 말에 답을 하지 않고 되물었다.

"예, 사업 차 이곳을 방문했습니다."

"그런데 왜 날 보자고 했소?"

사내는 방금 내 질문을 기억하지 못하는 것 같았다.

"무슨 일 때문에 봉변을 당하셨는지 궁금해서 불렀습니다."

"별거 아니오. 여기서 일하는 아새끼들이 실컷 부려먹고는 약속한 돈을 주지 않아서리……."

그때였다.

꼬르르륵, 꼬르륵!

말을 하는 사내의 배에서 우렁찬 오케스트라의 합주와도 같은 소리가 들려왔다.

"많이 시장하신 것 같습니다."

"어제부터 별로 먹은 게 없어서……."

사내는 무안한 듯 말했다.

"조 과장님, 프런트에 전화해서 먹을 것 좀 갖다 달라고 하세요."

옆에 있는 조상규 과장에게 말했다.

"알겠습니다."

"북한 분이신 것 같은데, 이곳에는 어쩐 일로 방문하신 것입니까?"

"혹시 남조선 기관원은 아니지요?"

사내는 주변을 훑으며 의심의 눈초리를 보내며 물었다.

"아닙니다. 저희가 만드는 제품을 이곳에 팔기 위해서 왔습니다."

나를 비롯하여 빅토르 최와 조상규 과장 모두 정부기관에서 일하는 분위기는 아니었다.

내 말을 들은 사내는 조금 뜸을 들이다가 말을 뱉었다.

"솔직하게 말하면 북한을 탈출했소. 사정이 있어서 그런 것이니 자세한 것은 묻지 마오."

사내의 말은 거기까지였다. 탈북은 쉽게 말할 성질의 것이 아니다.

한마디로 그는 도망자였다.

"예, 묻지 않겠습니다. 저는 강태수라고 합니다."

나는 손을 내밀어 악수를 청했다.

"김만철이오."

사내의 손은 거칠고 억셌다.

얼굴에서도 묻어나오고 있지만 많은 고생을 한 흔적이 역력했다.

"소련 놈들에게 뭘 팔러 온 것이오?"

김만철은 궁금한 듯 물었다.

"라면부터해서 신발, 라디오 등 여러 가지 식료품입니다. 이곳에 부족한 것들이지요."

"그런 거라면 북조선도 부족하지요."

김만철의 말에 그의 신발을 보았다.

그가 신은 신발은 다 낡아빠져서 금방이라도 발가락이 뛰어나올 것만 같았다.

"신발 치수가 어떻게 되지요?"

"255 신는데, 왜 그러지요?

"저희가 만드는 운동화를 가지고 온 게 있습니다. 아마도 똑같은 치수가 있을 것 같은데."

나는 신발 상자가 있는 곳에서 255㎜ 남자 운동화를 꺼냈다.

"한번 신어보세요."

신발 상자를 열고 꺼낸 것은 닉스에어-Z였다.

농구화지만 이곳에서 신기에는 닉스에어-Z가 좋았다.

"이거 정말 나에게 주는 기요?"

김만철이 조심스럽게 물었다.

"예, 어서 신어보세요."

"야아! 정말 좋아 보이는데, 이런 걸 남조선 사람들은 신고 다닌단 말이오?"

"그렇습니다. 가격은 좀 비싸긴 합니다."

"딱 맞소. 하하! 정말 이걸 신고서는 묘향산도 단숨에 올라가겠소."

김만철에 얼굴에 모처럼 만에 웃음이 보였다.

묘향산은 백두산, 지리산, 구월산, 금강산을 포함해서 한국의 5대 명산 중의 하나이다.

때마침 주문한 음식이 올라왔다. 호텔이라고 해도 특별한 음식은 없었다.

흑빵과 고기 수프, 그리고 구운 생선이었다.

하지만 김만철에게는 진수성찬이었다.

정말이지, 그는 게걸스럽게 음식을 순식간에 먹어치웠다.

특별히 3인분을 주문했는데도 음식이 모자라 중간에 더 주문했다.

주문한 음식 모두를 비운 김만철은 정말 행복한 표정이었다.

"정말 고맙습니다. 이렇게 배부르게 먹어본 지가 6개월 만입니다."

김만철은 고개를 숙이며 인사를 건넸다.

"배부르게 드셨다니 다행입니다. 거처하고 계신 곳은 있으십니까?"

나는 행여 의심의 소지가 있을까 봐 조심스럽게 물었다.

하지만 김만철은 내 진심 어린 호의를 느꼈는지 서슴없이 말해주었다.

"여기서 얼마 떨어지지 않은 곳에 공사가 중단된 곳이 있습니다. 거기서 임시로 머물고 있습니다."

김만철의 말처럼 호텔에서 1㎞ 정도 되는 거리에 흉물스럽게 놓여 있는 건물이 있었다.

5층 정도 철골이 올라가다가 멈춘 곳이었다.

그 건물은 비바람을 피하기에도 힘들어 보였다.

한마디로 사람이 머물기에는 적당한 곳이 아니었다.

"그런 데서 야숙하기가 힘들지 않으십니까?"

"하하! 이제는 이골이 났습니다. 오히려 편안 잠자리가 불편할 때도 있지요."

말은 그렇게 해도 김만철의 얼굴에는 피곤한 기색이 역력했다.

"북한에서는 어떤 일을 하셨는지 혹시 물어봐도 되겠습니까?"

"군인이었소."

김만철의 대답은 짧았다.

"아, 그러셨구나."

"상관하고 수가 틀어져서 몇 대 쥐어박았는데 목숨이 거기까지인지 그대로 죽어버렸습니다. 평소에 하던 짓이 워낙 못돼서 천벌을 받은 건지도 모르지요. 그 때문에 공화국에서 나오게 됐습니다."

김만철은 뭔가를 회상하는 눈빛이다.

"내래 쓸데없는 이야기를 한 것 같습니다. 밥은 정말 잘 먹었습니다. 기회가 되면 오늘 일은 꼭 갚겠소이다. 그리고 신발도 정말 고맙소."

김만철은 자리에서 일어나 호텔을 떠나려고 했다.

"잠시만요. 여기 잠바도 가져가시지요."

나는 가방에서 잠바를 꺼내 김만철에게 내주었다.

"이거 정말 귀인을 만났네. 하여간 잘 입겠습니다."

김만철은 거절하지 않았다.

그도 그럴 것이, 걸치고 있는 상위도 다 낡아서 해진 상태였다.

"그리고 여기 호텔 연락처입니다. 일거리가 필요하시면 연락 주십시오. 블라디보스토크에서 일을 하려고 하는데 일손이 좀 필요하네요."

나는 묵고 있는 호텔의 전화번호가 적힌 메모지를 건넸다.

김만철은 메모지를 받고는 대답 없이 호텔방을 나갔다.

"좀 위험해 보이는데요."

조상규 과장의 말이다.

"우린 이미 위험한 곳에 발을 내딛고 있습니다. 위험을 감수하지 않으면 이곳에서 얻는 것도 없을 것입니다. 어쩌면 소련 땅에서는 김만철 씨 같은 사람이 우리에게 필요할 수도 있습니다."

소련연방이 해체되고 나서 러시아가 안정을 찾을 때까지 혼란스러움이 극에 달했다.

그 와중에 새로운 세력으로 마피아가 등장했다.

마피아의 보호나 비호가 아니면 러시아에서 사업을 진행

하기가 힘들 정도로 되었던 적이 있다.

느낌상 김만철 같은 인물은 억지로 떠밀려서 일을 할 사람이 아니었다.

스스로 자신이 선택하게끔 만들어야 했다.

왠지 그가 분명 보통의 군인이 아니라는 느낌이 들었다.

Chapter 9

　남산에 위치한 한 호텔의 VIP실에는 다섯 명의 인물이
모여 있었다.

　참석한 인물 중 나는 새도 떨어뜨린다는 정무장관 박철
재는 현 대통령의 총애를 한 몸에 받고 있었다.

　현재 대통령이 진행하고 있는 중요한 일들은 박철재의
손을 거쳐 진행되고 있었다.

　그와 마주 보고 있는 인물은 재계 서열 4위에 올라서 있
는 대산그룹 이대수 회장이었다.

　현 정권에 적극적으로 협조하는 대표적인 기업이었다.

그리고 한라그룹의 정태술 회장이 그 옆자리를 차지하고 있었다.

그 또한 현 정부에 많은 협조를 하고 있었다.

그리고 정민당 사무총장이자 내년에 치러질 대선에 유력한 대통령 후보 떠오르고 있는 한종태가 한자리를 차지하고 있었다.

마지막으로 홍무용이라는 인물이 있었다.

그는 흑천의 3대 장로 중 하나로 전국에 있는 지하조직을 막후에서 조종하는 인물이었다.

그 외에는 알려진 것이 없었다.

"대통령께서 쉽게 결단을 내리지 않고 있습니다."

정무장관 박철재의 말이다.

"하기야 쉬운 일은 아닐 것입니다."

한종태 사무총장이 앞에 놓인 찻잔을 들고 말했다.

지금 이들은 대통령이 비밀리에 추진하고 있는 북한 방문과 내년 대선에 대한 이야기를 나누기 위해 모였다.

또한 소련의 지지를 얻어내기 위한 투자에 대한 의견도 나누고 있었다.

"일이 성사돼야지만 사무총장님께서 확고한 후보로 낙점될 수 있습니다."

박철재는 차기 대통령을 통해서 자신의 권력을 유지하고

싶어했다.

그가 밀고 있는 한종태가 대통령이 된다면 지금보다 더 확고한 지위가 유지될 수 있었다.

"소련은 그렇다고 해도 중국에서 가만있지 않을 것입니다. 미국도 지지를 얻어내기 위해서는 내주어야 할 것이 필요하구요."

대산그룹 이대수의 말이다.

"중국도 물밑으로 접촉하고 있습니다. 아마도 내년쯤에는 가시적인 성과가 나올 것 같습니다. 하지만 문제는 대만이 가만있지 않을 거란 겁니다. 그쪽에서 우리에게 협조를 꽤나 많이 했거든요."

박철재가 담배를 입에 물며 말했다.

"대만은 이제 지는 해입니다. 그쪽에서 뭐라 해도 대세를 따라야지요."

한라그룹의 정태술은 코를 씰룩거리는 특유의 표정으로 말했다.

"하여간 소련에 대한 투자 건은 두 회장님께서 특별히 신경을 써주셔야 합니다. 그래야만 소련 놈들이 북쪽에다가 압력을 가할 테니까요."

소련은 현재 북한에 상당량의 석유와 식량을 무상으로 제공하고 있었다.

작년부터 40년 만에 불어 닥친 대가뭄과 엎친 데 덮친 격으로 전국적인 물난리 때문에 북한은 지금 상당히 어려움에 처해 있었다.

갑작스런 물난리로 인해서 이재민만 이백만 명이 넘게 발생했다.

정부 창고에 보관 중이던 식량들도 상당수가 유실되고 말았다.

그 때문에 폐쇄적인 북한사회가 국제사회에 도움을 요청하고 있었다.

또한 대한민국 정부에도 손을 내밀어 식량 요청과 함께 정상회담을 요구하고 있었다.

하지만 북한 내에서 갑작스런 정상회담 제의로 인해 불협화음이 일고 있었다.

처음 제의할 때와 달리 점차 소극적인 면을 보이고 있었다.

박철재는 소련과의 국교 정상화를 이루어낸 것처럼 이번에도 북한과의 남북한 정상회담을 성사시켜 현 대통령을 역사적인 인물로 만들고 싶어했다.

그로 인해 한종태를 정민당 대권후보로 만들고, 그 여세를 몰아 대권을 장악할 계획을 갖고 있다.

그러기 위해서는 북한 내에 정상회담을 반대하는 인물들

에게 압력을 가해야만 했다.

대통령 또한 북한을 방문해야 되는 걱정 때문인지 쉽게 결정하지 못하고 있었다.

북한은 아직 위험한 곳이었다.

더구나 연속적인 천재지변으로 인해서 북한 내 정권이 흔들리는 모습이 조금씩 보이고 있었다.

소련에서 지원하는 석유와 식량이 끊어지면 북한의 상황은 더욱 악화될 수 있었다.

중국도 북한을 지원하고 있지만 소련에 비하면 지원 규모가 작았다.

"그렇지 않아도 블라디보스토크에 직원들을 파견했습니다. 저희는 블라디보스토크에 수산물 공장과 관광호텔을 염두에 두고 있습니다."

대산그룹 이대수의 말이다.

"잘하셨습니다. 만약 정상회담이 추진되면 북한에 공단을 만들 예정입니다. 그리 되면 정부에서도 많은 지원이 나갈 것입니다."

이대수가 노리는 것도 북한 투자에 따른 정부 지원이었다.

대산그룹의 소련 진출도 크게 손해 볼 일은 없었다.

정부에서 지원하는 한소협력정책자금을 받을 수 있었다.

투자 금액의 50% 정도만 투자하면 나머지는 정부의 지원금으로 충당하면 된다.

"저희도 모스크바에 자원개발회사를 설립 중에 있습니다. 이미 모스크바 중심가에 빌딩을 구입해 두었습니다."

한라그룹 정문술의 말이다.

이번 년도에 10대 그룹에 진입하는 경사를 맞았다.

"홍 선생께서도 준비를 갖추시고 계시지요?"

박철재가 흑천의 홍무용을 보고 물었다.

"염려 놓으십시오. 계획대로 진행하고 있습니다. 소련에서 흘러들어 온 인물들을 이용할 생각입니다."

홍무용은 턱수염을 만지며 말했다.

그는 그저 평범한 노인으로밖에는 보이지 않았다.

"알겠습니다. 여러분이 도움을 주셔야 대통령님과 여기 계신 사무총장님이 큰일을 하실 수 있습니다. 그게 모두 이 나라를 위하는 일입니다."

박철채의 말에 방에 모인 인물들이 고개를 끄떡이며 호응했다.

대산그룹과 한라그룹은 현 정부의 비호가 없었다면 10대 그룹에 진입할 수 없었다.

또한 현 정부도 두 그룹에서 나오는 정치자금과 지원 덕분에 대통령 선거와 국회의원 선거를 무사히 치를 수 있었다.

한종태가 쓰는 돈도 대부분 두 그룹에서 나오고 있었다.

또한 대통령의 비자금이 관리되는 곳도 두 그룹이다.

"그럼 잠깐 두 분은 나가 계십시오."

박철재의 말에 이대수와 정태술이 자리에서 일어났다. 항상 마지막 시점에서는 두 사람이 제외되었다.

돈은 이대수와 정태술이 대었지만 정작 중요한 이야기가 진행될 때에는 자리에서 일어나야만 했다.

두 사람은 그 점이 불만이었지만 겉으로 내색할 수는 없었다.

이 자리에 오기까지 너무 많은 것을 희생하고 감수했기 때문이다.

이대수와 정태술이 지금의 자리를 차지하기 전에도 두 사람을 대신하던 인물이 있었다.

하지만 지금 방 안에 있는 인물들 외에 더 큰 권력을 잡고 있는 인물의 눈 밖에 나는 순간 승승장구했던 기업은 바로 풍비박산되어 사라졌다.

지금은 참고 기다려야 된다는 것을 두 사람은 잘 알고 있었다.

"후후! 사업은 잘되고 있소이까?"

이대수가 밖으로 나오며 물었다.

"덕분에 문제없이 돌아가고 있습니다. 한데 신발 쪽에 미꾸라지 한 마리가 나타나 시장에 변화가 생겼습니다."

"미꾸라지라니요?"

이대수는 정태술의 말에 호기심이 생겼다.

"닉스라는 신생 회사가 저희가 가지고 있는 점유율을 차지하더니 올해 들어서는 그 격차가 더 커지고 있습니다. 닉스라는 회사를 알아보고 건드려 보라고 했는데도 전혀 꿈쩍도 하지 않습니다."

이대수는 정태술이 무엇을 말하고 있는지를 알았다.

더구나 정태술은 누구한테도 지기 싫어하는 성격이라는 잘 알고 있다.

하지만 그는 적과 아군은 구분했다.

한편으로 이대수는 정태술의 심기를 건드린 회사가 궁금해졌다.

한때 프로스펙스가 나이키와 국내 시장을 양분하던 적도 있었다.

하지만 이제는 운동화 하면 나이키가 떠오를 정도로 대세였다.

그런 나이키의 국내 판매권을 가지고 있는 정태술은 알게 모르게 자부심을 가지고 있었다.

그는 뭐든지 1등을 해야 직성이 풀리는 인물이었다.

"허허! 세계적인 나이키를 국내 신생 업체가 치고 올라왔다. 정 회장께서 사소한 것에 너무 신경 쓰시는 것 아닙니까? 한때의 유행이라는 것이 있잖습니까. 그런 일이 한 번쯤은 일어나야 아랫놈들이 긴장합니다."

"하긴 이제는 제가 이것저것 신경 쓸 때가 지났는데도 쉽게 고쳐지지가 않습니다."

정태술은 유행으로 치부하기에는 인기가 심상치가 않았다는 말을 하고 싶었다.

하지만 수십 개의 회사를 소유하고 있는 그룹의 회장이라는 직분으로 쪼잔하게 보일 수는 있었다.

"이제는 건장을 챙기셔야 합니다. 정우그룹의 박 회장이 갑자기 쓰러지자 엉뚱한 놈이 날름 먹어버리지 않았습니까?"

작년에 20대 그룹에 속한 정우그룹의 박종문 회장이 심장마비로 갑자기 사망하자, 박 회장의 아들이 아닌 전문 경영인이 회장이 되었다.

첫째 아들이 유학 중 미국에서 자동차 사고로 사망하고 둘째는 아직 초등학생이었다.

더구나 부인도 작년에 암으로 사망하자 그룹 승계 문제가 큰 이슈가 되었다.

결국 사장단의 추대로 부회장이던 전문 경영인이 회장이

되었고, 그는 회장이 되자마자 박종문 회장의 체취를 그룹 내에서 빠르게 지워 버렸다.

"그러게 말입니다. 저도 요즘에는 필드에 자주 나가려고 노력 중입니다. 다음 주에 라운딩이나 한번 나가시죠. 저번 달에 용인에 골프장 하나 개장했습니다."

"하하! 그럴까요? 연락 주십시오, 다음 주면 저도 시간을 뺄 수 있을 것 같습니다."

이대수는 올해 나이가 64살이었다.

평소 운동으로 몸 관리를 한 덕분에 오십 대로 보였다.

그에 비해 정태술은 62살이었지만 나이보다 더 들어 보였다.

술과 여자를 좋아하는 천성 때문이다.

그는 자신보다 30살이나 더 어린 영화배우를 작은 마누라로 삼았다.

시간이 날 때마다 찾다 보니 요즘 들어 체력적으로 많이 힘든 상태였다.

"예, 연락드리겠습니다. 한데 정말 방북이 이루어지겠습니까?"

정태술은 박철재가 진행하는 일이 긴가민가했다.

"글쎄요. 북쪽도 지금 꽤나 시끄러워서 쉽게 결론 나기는 힘들 것 같습니다. 하지만 대통령이 명예에 욕심이 많은 분이라서……."

이대수가 말을 끊었다.

논의를 마치고 나머지 인물들이 회의실에서 나오고 있었다.

"기다리게 해서 미안합니다. 자, 이제 식사하러 가시지요."

회의를 마친 다섯 사람은 호텔 내에 위치한 한식당으로 이동했다.

＊　　　＊　　　＊

블라디보스토크(Vladivostok) 시는 면적이 600㎢이며 인구가 61만 명 정도로 연해지방의 주도이다.

온순 기후이며 평균 온도가 1월에는 −14℃, 8월에는 +24℃로 연평균 온도가 +5℃이다.

나는 블라디보스토크의 여러 곳을 둘러보았다.

코노발로프가 설계한 블라디보스토크 역과 잠수함 박물관, 그리고 수산시장을 가보았다.

블라디보스토크 역은 1907년~1912년에 건설되었으며, 시베리아 횡단 철도 9,288㎞의 종착역이다.

역사의 외관은 러시아의 전통 예술 양식으로 장식한 옅

은 녹색 석조 건물이었다.

수산시장에서는 한국에서 보기 힘든 킹크랩(대게), 큰 바다새우와 연어, 캐비어 등 연해지방 연근해와 사할린산 생선들을 싸게 구입할 수 있었다.

나중의 일이지만 러시아산 킹크랩을 요리하는 음식점들이 호황을 누렸다.

마지막으로 중앙광장(혁명전사광장)을 들렀다.

중앙광장은 블라디보스토크 스베틀란스카야 대로의 중심에 위치해 있었다.

중앙에는 소비에트 정권 수립을 위해 싸운 병사들을 기념하는 동상이 있고, 왼쪽으로는 벨르이돔(White House)이라 불리는 연해(Primorskiy) 지방 주정부 종합청사가 위치해 있었다.

전승기념일 5월 9일에는 각종 퍼레이드와 불꽃놀이가 펼쳐지고, 금요일에는 각종 소비 제품의 장터가 열리는 곳이었다.

이곳저곳을 들러보고 있는 와중에 주정부 종합청사가 위치한 쪽에서 날카로운 눈빛을 가진 동양인 세 명이 다가오고 있다.

그들은 곧장 내가 있는 쪽으로 걸어왔다.

"생긴 걸 보니 남조선 아새끼구먼. 요즘 들어서 뭐 먹을

게 있다고 이곳까지 와서 눈앞에 어슬렁거리는 기야, 재수 없게시리. 퉤!"

그중 얼굴에 흉터가 있는 사내가 우리에게 시비를 걸어오고 있다.

"허! 이보시오. 우리가 뭘 어쨌다고 그런 말을 하십니까?"

옆에 있던 조상규 과장이 기분이 상했는지 맞받아쳤다.

"아가리 닥치라우! 확 주둥아리를 찢어버리기 전에!"

사내는 더욱 험한 말을 내뱉었다.

뭔가 기분이 좋지 않은 일을 당한 사람처럼 보였다.

"정말 동포끼리 너무 심하시네요. 타국에 나와 서로 돕지는 못할망정 지금 싸움을 하자는 것입니까?"

나는 화가 났다. 괜한 시비로 기분을 좋지 않게 만들고 있었다.

"내 눈에는 동포가 아니라 당장에라도 쓰러뜨려야 할 적으로 보이는데. 우린 아직 전쟁 중에 있지 않나? 남조선통일전쟁은 끝난 게 아니지. 소련 동무들이 어리석게도 착각해서 남조선과 손을 잡았지만 조만간 제자리를 찾을 기야. 그때가 되면 이곳의 미국 하수인인 남조선 아새끼들은 내가 다 쓸어버릴 거다. 후후!"

사내는 검지로 내 가슴을 꾹꾹 찌르며 말했다.

그의 몸에서 풍기는 체취는 지독한 적의였다. 그리고 뭔가를 알고 있다는 눈빛이었다.

그때였다.

검은색 지프가 우리 쪽으로 급하게 오더니 북한 사내를 향해 운전수가 소리쳤다.

"조장 동무, 김만철의 소재를 찾았습니다!"

그의 입에서 나온 말은 김만철이었다. 느낌상 호텔에서 본 김만철 같았다.

그렇다면 지금 눈앞에 있는 사내들은 그를 쫓는 체포조였다.

"운이 좋군. 다음에는 그냥 넘어가지 않아. 모두 가자우!"

검은 지프에 올라타는 동작들이 예사롭지 않았다.

빠르게 광장을 빠져나가는 지프는 북쪽으로 향했다.

그곳은 우리가 머무는 호텔과 김만철이 숙소로 사용하는 공사장이 있는 곳이다.

"한국 사람에게 행패를 부리는 동양 사람들이 있다고 하더니 저놈들인가 봅니다."

조상규 과장이 호텔에서 들은 이야기를 해주었다.

"한데 저들이 방금 김만철이라고 했지요?"

"예, 분명 김만철이라고 저도 들었습니다. 그럼 혹

시……?"

조상규도 그제야 김만철이 떠오른 모양이다.

"안 되겠습니다. 그냥 보고 있을 수가 없네요. 저희도 빨리 가죠."

"어쩌시려고요? 설마 저들 일에 끼어드시려고 하는 건 아니지요?"

조상규 과장이 걱정스런 표정으로 물었다.

"제가 알아서 할 테니 운전기사를 불러오세요."

우리는 택시를 하루 동안 전세 내어 움직이고 있었다.

조상규는 천성적으로 위험한 일에 관여하는 것을 싫어했다.

물론 대부분의 사람이 그렇다.

우리는 택시를 타고 북한인들이 사라진 방향으로 향했다.

그들이 찾고 있는 사람이 진짜 김만철이라면 갈 곳이 뻔했다.

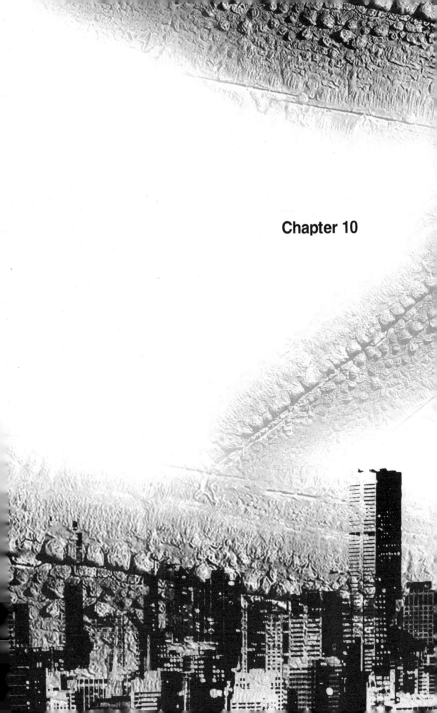

Chapter 10

공사장에서 얼마 떨어지지 않은 곳에 택시를 멈추었다.

조상규 과장에게 30분 후까지 돌아오지 않으면 경찰에 신고하라 하곤 곧장 공사장으로 향했다.

역시나 북한인들이 타고 갔던 검은색 지프가 공사장 앞쪽에 세워져 있었다.

지프를 확인했다.

안에 타고 있는 사람은 없었다.

나는 조심스럽게 공사장 왼편으로 접근했다.

왼쪽에는 공사장에서 사용하는 자재가 쌓여 있어 몸을

숨기기가 용이했다.

어느 정도 접근하자 시끄러운 소리가 들려왔다. 소리가 들려오는 곳은 3층이었다.

고양이가 조심스럽게 걸어가듯이 한 걸음 한 걸음 소리를 죽여 가며 접근했다.

계단 위로 고개를 살짝 내밀자 광장에서 본 북한인 김만철이 보였다.

김만철은 건물 바닥에 무릎을 꿇고 있고, 그의 머리 위로는 권총이 겨누어져 있었다.

"인민의 배신자! 너를 끌고 오라고 했지만 굳이 그럴 필요가 없을 것 같다! 너 때문에 돌아가신 형님도 그걸 바라지는 않을 것이고, 이 종간나 새끼야!"

퍽!

광장에서 나를 위협하던 사내가 김만철의 가슴을 발로 찼다.

심한 발차기였지만 바닥에 엎드린 김만철은 신음 소리 하나 내지 않았다.

때마침 김만철이 쓰러지며 얼굴이 내 쪽으로 향했다.

그의 눈이 나를 향할 때 나는 손가락으로 총을 겨누고 있는 자를 가리켰다.

내 손에는 공사장에서 주워온 차돌이 쥐어 있다.

김만철에게 총을 겨누고 있는 인물과의 거리는 7~8m 정도이다.

그 정도 거리에서는 충분히 상대를 맞출 수가 있었다.

권총을 꺼내 든 자는 그자뿐이었다. 하지만 다른 인물들도 권총을 가지고 있을 확률이 컸다.

권총을 꺼내 들기 전에 나머지 세 명도 쓰러뜨려야만 한다.

김만철은 내 신호를 알아들었는지 눈을 크게 두 번 깜빡거렸다.

"일으켜 세우라우!"

조장이라 불린 사내의 말에 왼쪽에 있던 인물이 김만철의 머리를 잡아챘다.

그 순간을 노렸다.

권총을 가진 인물이 내가 있는 쪽으로 한 걸음 이동한 상태이다.

"김만철 씨!"

나는 일부러 큰 소리를 내며 차돌을 던졌다.

사내들의 시선이 순간 나에게로 쏠렸다.

딱!

"윽!"

차돌은 정확하게 권총을 쥔 사내의 머리를 가격했다.

가까운 거리에서 차돌을 맞자 사내는 그때로 바닥에 쓰러졌다.

그때를 이용하여 김만철은 머리를 뒤쪽으로 힘껏 젖혔다.

퍽!

"악!"

뒷머리는 정확하게 그의 머리를 잡고 있는 인물의 면상을 가격했다.

외마디 비명과 함께 사내는 코를 부여잡고 뒤로 물러났다.

김만철은 다시 몸을 돌려서 뒤로 물러나는 사내의 가슴팍을 발로 찼다.

"아악!"

사내는 난간이 설치되어 있지 않은 3층 아래로 그대로 떨어졌다.

또 다른 사내가 왼편 가슴에서 나를 향해 권총을 꺼내 들려는 모습이 보였다.

하지만 나는 이미 서너 걸음을 내달려 허공에 떠 있었다.

그리고 그대로 무릎으로 사내의 면상을 가격했다.

퍽!

우당탕!

달려가는 속도가 실린 무릎차기의 위력은 대단했다.

사내는 그대로 바닥에 나뒹굴다가 정신을 잃었다.

순식간에 세 명의 사내가 전투 불능 상태가 되었다.

다행인 것인 조장이라 불린 사내는 총을 가지고 있지 않았다.

"이거 남조선 아새끼가 아닌가? 보통 놈이 아니었군."

체포조 조장은 나의 등장에 놀란 모습이었다. 하지만 그 모습은 순간이었다.

부하들이 모두 당했는데도 크게 당황한 모습이 아니다.

나는 그에 말에 대답하지 않았다.

"내래 신세를 졌군. 이제 이 친구는 내가 맡지."

김만철이 나에게 인사를 건네며 말했다.

"기래 한 번은 이런 날이 올지 알았지비. 예전의 나로 보면 큰코다칠 거야."

체포조 조장은 자세를 고쳐 잡았다. 그 순간 뿜어져 나오는 기세가 달라졌다.

사내에게서는 거친 기운이 넘쳐났다.

김만철 또한 자세를 잡고 사내를 노려봤다.

체포조 조장의 눈빛에는 강렬한 적의가 들어 있었다. 먼저 움직인 것 또한 그였다.

발을 앞으로 뻗는 척하면서 오히려 뒤돌려 차기를 했다.

그 동작이 빠르고 순간적이었다.

주르륵!

김만철은 오른손을 들어 얼굴을 방어했지만 뒤로 밀려날 정도로 강력한 발차기였다.

"낄낄! 빌어먹고 살더니 실력이 줄었나?"

사내는 김만철을 조롱하듯이 웃었다.

"아직 끝난 게 아니지."

김만철은 방어하던 오른손이 충격에 저린지 손을 털면서 말했다.

"그래야지. 이 정도에 쓰러지면 무패를 자랑하는 해상저격단의 격술교관이라 불릴 수 없지."

북한군이 하고 있는 무술은 차력, 유술, 레슬링 등과 더불어 복합적인 응용 기술로 정립된 '격술' 이 있었다.

격술이 태권도와 가장 크게 다른 점은 훈련 동작의 유연성이나 정확성보다는 실전에서 유용하게 쓸 수 있는 실질적인 살인 기법들을 포함하고 있다는 것이다.

격술이 우리에게 알려지기 시작한 것은 박정희 정권 말 국방부에서 전시에 대한 맨손격투 실험에서 한국특전사(태권도 수련)들이 월남에서 귀순한 북한군(격술)과 대결에서 일격에 모두 참패를 당하고 실신했다는 이야기에서 전해진다.

"내래 널 잡으려고 인민보안성 정치대학 59호 격술연구소에 들어갔지비. 그리고 그곳에서 내래 지옥이 있다는 것을 체험했지."

격술 분야에서 강력한 실력을 가지고 있는 곳은 인민보안성 정치대학 59호 격술연구소다.

북한의 보병부대는 격술 훈련에 많은 시간을 할애하지만, 특수부대의 경우에는 더욱 집중적인 훈련을 받고 있다.

중점적인 기술은 급소를 가격하고 상대를 완전히 쓰러뜨리는 데 있고, 격술의 진수는 한 방에 상대방을 쓰러뜨리는 정신력과 힘, 그리고 스피드로 알려져 있다.

격술을 전문적으로 관리하고 있는 부서는 각 업무별 특성상 나뉘어져 있었다.

15호 격술연구소는 인민무력부, 격술연구반은 국가안전보위부, 59호 격술연구소는 인민보안성을 대표하고 있다.

"쯧쯧! 그런 수고까지 할 필요성이 없었을 텐데. 지렁이가 아무리 발버둥 쳐도 용이 될 수는 없지비."

김만철은 자세를 바꾸었다.

그 순간을 이용하여 체포조 조장이 움직였다.

권투의 스트레이트처럼 주먹을 곧장 김만철에게 날렸다.

김만철이 옆으로 빠지자 이번에는 팔꿈치로 위에서 아래로 내려쳤다.

그 동작이 연속해서 이루어지며 김만철을 몰아붙였다.

격술의 동작은 이상하리만치 흑천의 인물들이 사용하던 무술과 비슷한 점이 있었다.

파괴적이고 급소만을 노리는 집요함이 똑같았다.

더구나 반격할 틈을 주지 않고 쉴 새 없이 몰아붙이는 점도 같았다.

발과 무릎은 물론 주먹과 팔꿈치, 심지어는 머리까지 이용했다.

김만철은 반격할 기회를 잡지 못하는 것처럼 뒤로 밀려났다.

도피 생활로 인해 체력이 많이 고갈된 상태인 것 같았다.

아니나 다를까, 체포조 조장의 발 공격이 김만철의 배에 적중했다.

김만철의 허리가 고통으로 순간 꺾였다.

그 순간은 숨이 멎을 정도로 고통이 밀려온다.

김만철이 뒤로 물러나며 비틀대는 틈을 체포조 조장이 파고들었다.

이전보다 공격하는 폼이 커졌다.

단숨에 바닥에 눕히려는 형태의 공격이다. 팔꿈치를 대각선으로 내려치는 순간이었다.

정확하게 김만철의 얼굴에 들어간 팔꿈치 공격이 빈 허

공을 갈랐다.

그 찰나의 순간 김만철의 움직임이 묘했다.

고양이가 공중에서 땅으로 떨어질 때 보여주는 착지 동작처럼 김만철의 허리가 기이하게 꺾이며 공격을 흘려보낸 것이다.

그리고 바로 김만철의 무릎이 체포조 조장의 턱에 적중했다.

영화에서나 나올 법한 자세로 체포조 조장의 몸이 허공으로 떠오르며 뒤로 튕겨져 넘어갔다.

바닥에 튕겨지며 쓰러지던 체포조 조장은 그대로 3층 밖으로 떨어졌다. 그와 동시에 김만철 또한 바닥에 무릎을 꿇었다.

나는 곧장 3층 아래를 내려다보았다.

아래에는 떨어진 체포조 조장의 모습이 보이지 않았다.

그보다 먼저 떨어진 북한인만 머리에 피를 흘린 채 쓰러져 있다.

그때를 맞추어서 경찰차의 사이렌 소리가 들려왔다.

조상규 과장이 신고를 한 것 같았다.

30분이 아닌 20분 정도 시간이 흐른 때였다.

*　　　*　　　*

경찰이 공사장 건물로 오기 전, 나는 김만철을 데리고 호텔로 향했다.

김만철은 내가 오기 전에 이미 체포조에게 구타를 당한 상태였다.

온몸 여기저기에 피멍이 심하게 들어 있다.

정상적인 몸이 아닌 상태에서 체포조 조장과 대결을 벌인 것이다.

경찰에 의해 체포조 조장을 뺀 세 명은 체포되었다.

3층에서 떨어진 인물은 머리를 심하게 다쳐 수술 중에 사망하고 말았다.

나머지 인물들은 모두 총기를 소지한 죄로 북한으로 추방되었다.

그들은 정식적인 철차를 거치지 않고 불법적으로 총기를 휴대한 것이다.

문제는 공사장에서 체포조 조장이 발견되지 않았다는 것이다.

그의 이름은 안동식이었다.

김만철이 살해한 상관이 바로 안동식의 친형이었다.

*　　　*　　　*

의사의 치료를 받은 김만철은 깊은 잠에 빠져들었다.

김만철의 온몸은 상처투성이였다.

칼로 인한 상처는 물론 오른쪽 가슴과 허벅지에 총상까지 있었다.

거친 사내라고 짐작은 했지만 이 정도일 줄은 몰랐다.

그 모든 상처가 그의 이력을 말해주는 것만 같았다.

김만철의 몸은 정말 온몸이 단단하기 이를 데 없는 차돌 같았다.

무술영화에서 보았던 이소룡처럼 온몸 구석구석 어디 하나 빈틈없이 근육으로 채워져 있었다.

"이제 어쩌죠?"

조상규 과장은 김만철을 바라보다가 걱정스런 표정으로 내게 물었다.

"우리가 도와야겠죠. 이대로 다시 돌려보내면 오늘 같은 일이 또 벌어질 테니까요."

"하지만 저 사람은 탈북자라 분명 위험이 따를 것입니다. 더구나 사람을 죽이고 탈출했다고 본인 입으로 말하지 않았습니까."

조상규의 염려를 모르는 바가 아니다.

자칫 김만철로 인해서 우리까지 위험해질 수도 있었다.

국교가 수립되었지만 아직까지는 소련에는 북한과 협력하는 인물이 더 많았다.

이곳 블라디보스토크에도 북한에서 보낸 근로자들이 꽤 있었다.

그들은 대부분 벌목공과 광부들이었다.

또한 그들을 관리하고 감시하기 위해서 인민보안성에서 보안요원들을 파견하고 있었다.

김만철을 잡으려고 한 안동식도 보안요원으로 파견된 상태였다.

"걱정하시는 바를 모르는 것은 아닙니다. 모든 것은 제가 책임지겠습니다."

내 말에 조상규 과장은 더 이상 입을 열지 않았다.

하지만 걱정이 되는 건 사실이었다.

공사장에서 본 안동식은 결코 김만철을 포기하지 않을 것 같았다.

잘못하면 김만철 때문에 소련에서 벌이려고 하는 사업이 지장이 있을 수도 있다는 생각이 들었다.

그런데도 왠지 김만철을 돕고 싶었다.

띠리링―

그때 전화벨이 울렸다.

"여보세요?"

―안녕하세요. 저 소냐예요.

수화기를 통해서 들려오는 목소리는 생각지도 못한 소냐였다.

"아! 예. 안녕하셨습니까."

―바쁘지 않으시면 시간 좀 내주세요.

소냐는 나와 저녁을 먹고 싶다고 했다. 거절하기도 그래서 약속을 잡았다.

블라디보스토크 중심가에 위치한 한 레스토랑에서 만나기로 했다.

소냐는 영어를 구사할 줄 알았다. 굳이 빅토르 최를 동반하지 않아도 되었다.

도착한 레스토랑은 해산물을 전문적으로 요리하는 곳이었다.

풍부하고 신선한 해산물에 러시아 특유의 향신료를 첨가하여 만든 음식은 생각보다 나쁘지 않았다.

가격이 저렴한 편이 아니라서 일반 서민들은 잘 이용할 수 없는 곳 중 하나였다.

소냐는 화사한 분홍색 블라우스에 무릎 위로 오는 짧은 체크 치마를 입고 나왔다.

길고 흰 다리가 훤히 드러나 보였다.

소냐는 운전수 겸 보디가드인 얀코첸이라는 사내를 데리

고 나왔다.

얀코첸은 식당 한쪽에 자리를 잡고는 우리 두 사람을 지켜보고 있다.

"미안해요. 혼자 나오려고 했는데 아버지가 허락을 하지 않으셨어요."

"괜찮습니다. 한데 저를 보자고 한 이유를 물어도 되겠습니까?"

"이곳을 떠나고 싶어서요."

소냐의 입에서 예상치 못한 말이 나왔다.

"예? 이곳을 떠나다니요?"

소냐가 무슨 말을 하는지 정확하게 알고 싶었다.

"아버지에게서 벗어나고 싶어서요. 한국으로 유학을 가면 여기보다 나을 것 같다는 생각이 들어서요."

소냐의 입에서 나온 말을 어떻게 받아들여야 할지 몰라 대답을 할 수가 없었다.

"……"

소냐는 말을 계속 이어갔다.

"후! 저는 닭장 속에 갇혀 사는 닭 같은 존재예요. 어디를 가나 보디가드를 데리고 다녀야 하지요. 학교를 갈 때도 마찬가지고요."

"왜 그러지요?"

"아버지의 정적들에게 내가 이용되지 않게 하기 위해서 죠. 아버지의 영향력과 힘이 커져갈수록 아버지 정적들의 힘은 줄어들어 가고 있지요. 그들은 아버지를 제거할 수 없게 되자 예전과 달리 오빠와 나를 노리기 시작했어요. 이전에도 한번 나를 납치하려는 일이 있기도 했으니까요. 우습 죠, 잘 알지도 못하는 분에게 이런 말을 한다는 것이. 늘 위험에……."

밝게 보았던 소녀의 표정에도 숨겨진 그늘이 있었다.

예상한 대로 블리노브치는 러시아의 마피아였다.

일찍부터 블라디보스토크에 주둔하고 있는 장성들과 어울렸다.

그들에게 뇌물을 주고 군대의 보급품을 빼내어서 유통시켰다.

그 기반을 바탕으로 점차 힘을 기르고 사업을 넓혀갔다.

고르바초프의 등장으로 시작된 개혁개방정책은 그에게 더욱 날개를 달아주었다.

사업 수단이 뛰어난 그는 일본에서 폐차 직전의 차량을 수입해서 높은 마진을 남기고 팔았다.

그 돈의 일부분은 정치권과 군부의 뇌물로 들어갔다.

그는 이제 군대에서 흘러나오는 군수품과 무기를 일본이나 홍콩으로 수출하는 일도 병행했다.

그중에 일부분은 중동과 남미로 흘러들어 가고 있었다.

블라디보스토크의 항구를 독점하다시피 영향력을 행사하는 블리노브치는 다른 경쟁자는 절대로 허락하지 않았다.

극동 지역의 최대 항구인 블라디보스토크로 들어오기 시작한 해외 수입품이 빠르게 늘어나고 있었다.

블라디보스토크 항구 말고도 포시예트, 나홋카, 보스토치니, 자루비노 등 네 개의 항구가 더 극동에 위치해 있었다.

그러나 현대화되고 화물 처리 능력이 월등한 곳이 블라디보스토크 항구였다.

블리노브치는 블라디보스토크의 항만을 완전히 차지하기 위해 싸움을 벌이고 있었다.

항만으로 들어오는 합법적인 물품은 물론이고 밀수로 들어오는 물품도 상당했다.

그리고 그 이윤이 만만치 않기 때문에 항만은 황금알을 낳는 거위와도 같았다.

소냐의 이야기로 말미암아 현재 이곳에서 벌어지고 있는 이권 다툼을 알게 되었다.

"이곳을 떠나고 싶어요. 어머니의 죽음도 결국 항구를 차지하기 위한 싸움 때문이었지요."

소녀의 어머니는 자동차 사고로 죽었다.

작년에 극장으로 향하던 중에 물고기를 운반하던 냉동 트럭과 어머니가 타고 가던 차량이 충돌하는 사고가 일어 났다.

그런데 그 자동차 사고가 미심쩍은 부분이 많았다.

소녀의 말은 진심인 것 같았다. 정말 이곳을 떠나고 싶어 했다.

"한국으로 유학을 가려고 해도 아버님의 허락이 필요하지 않습니까?"

"맞아요. 그래서 태수 씨에게 부탁드리려고 만나자고 한 거예요."

"무슨 부탁을?"

"저의 약혼자가 되어주세요. 물론 거짓으로요. 그렇게만 된다면 저는 이곳을 떠날 수가 있어요."

말도 안 되는 소리가 소녀의 입에서 나왔다.

그녀는 아버지의 그늘에서 벗어나기 위해 나를 이용하려 고 했다.

"그건 안 되는 일입니다. 물론 소냐 씨의 상황이 어렵다 는 것은 잘 알고 있습니다. 만약 그렇게 한다 해도 아버님 은 속아 넘어가시지 않습니다."

블리노브치를 처음 보고 느낀 것은 절대 쉬운 사람이 아니라는 것이다.

그는 사람을 다룰 줄 알았다.

사람을 다룬다는 것은 사람의 속마음을 꿰뚫어 볼 수 있어야만 가능했다.

블리노브치는 지금의 위치에 서기까지 산전수전을 다 겪었기 때문에 어설픈 연기는 그에게 통하지 않을 것이다.

"전 여기를 떠나지 않으면 미쳐 버릴 거예요."

머리를 부여잡고 말하는 소녀의 모습이 애처로워 보였다.

블리노브치의 저택에서 처음 보았던 명랑한 모습의 소녀가 아니었다.

그녀와 나의 대화는 영어로 하고 있었기에 소녀의 보디가드인 얀코첸은 전혀 알아듣지 못했다.

어머니의 죽음이 더욱 그녀를 힘들게 만든 것 같았다.

또한 자유가 제약되어 있는 지금의 상황이 소녀를 지치게 만들었다.

나는 그녀에게 어떤 말을 해주어야 할지 알 수 없었다. 더구나 난 소녀를 잘 알지 못했다.

"미안합니다. 저는 그 부탁을 들어드릴 수 없습니다."

"후우! 아니에요. 제가 미안해요. 처음 뵙는 분한데 너무 엉뚱한 부탁을 해서."

소냐는 실망한 표정을 보였지만, 그 순간은 잠깐이었다.

아마도 큰 기대를 갖고 나오지는 않은 것 같았다.

"그 부탁만 빼고 필요로 한 것이 있으면 제게 말씀해 주세요. 제가 할 수 있는 범위에서 최대한 돕겠습니다."

"예, 그럴게요. 고마워요. 그래도 태수 씨와 이런저런 이야기를 해서 그런지 답답한 맘이 조금은 풀렸네요. 말을 들어주신 대가로 저녁 식사는 제가 살게요."

소냐는 다시금 처음 보았을 때의 밝은 모습으로 돌아왔다.

하얀 피부에 붉은 입술이 도드라진 소냐는 보통 미인이 아니었다.

러시아는 미인이 많다고 했지만 소냐의 모습은 그중에서도 더 뛰어나 보였다.

식사를 마치고 일어나자 그녀의 보디가드인 얀코첸도 자리에서 일어났다.

소냐가 타고 온 차량은 레스토랑 앞에 주차되어 있었다.

다른 사람들은 할 수 없는 그녀만의 특권이었다. 아니, 그녀의 아버지인 블리노브치의 힘이었다.

레스토랑 지배인에게 음식에 들어간 재료를 묻고 있는 사이에 소냐는 차량에 올라탔다.

소녀를 뒷자리에 태우고 얀코첸이 운전석에 올랐을 때였다.

갑자기 골목을 빠져나온 차량 하나가 소녀가 탄 차량을 뒤에서 박았다.

쿵!

속력을 그다지 내지 않았기 때문에 가벼운 충돌이었다.

화가 난 얀코첸이 운전석에서 빠져나와 뒤 차량으로 다가갈 때 한 사내가 앞쪽에서 나타나 얀코첸의 머리를 무언가로 강타했다.

바닥에 쓰러진 얀코첸은 정신을 잃고 말았다.

그리고는 재빨리 소녀가 타고 있는 차량의 운전석으로 올라탔다.

소녀가 타고 있는 차량에 올라탄 사내는 다름 아닌 체포조 조장인 안동식이었다.

"김만철을 데리고 오라우! 아니면 이 여자는 영영 볼 수 없을 기야!"

레스토랑의 문을 열고 나오는 나를 향해 소리치고는 급하게 차를 몰고 앞쪽으로 달려나갔다.

충돌 때문인지 소녀는 정신이 없는 표정이었다.

접촉 사고를 낸 차량 또한 안동식이 몰고 간 차량을 따라가고 있었다.

한데, 접촉 사고를 낸 차량을 운전하는 인물이 러시아인 이었다.

나는 시야에서 사라져 가는 차량만 바라보고 있을 뿐이었다.

Chapter 11

소냐를 경호하던 얀코첸은 내가 보는 앞에서 야구방망이로 블리노브치에게 정신을 잃을 때까지 맞았다.

머리에 피를 흘리고 쓰러진 얀코첸은 다른 인물들에게 개 끌려 나가듯이 밖으로 나갔다.

소냐가 돌아오지 않으면 얀코첸은 살아남기 힘들 것 같았다.

"그놈의 이름이 뭐라고 했나?"

블리노브치는 손에 묻은 피를 수건으로 닦아내며 말했다.

회의실로 보이는 방 안에는 다섯 명의 건장한 남자가 병풍처럼 서 있었다.

"안동식이라고 했습니다."

"그자가 왜 내 딸을 납치해 간 것이지?"

얀코첸은 그 이유를 대지 못해서 기절할 때까지 맞았다.

호의를 보이며 나를 좋게 보던 블리노브치의 눈빛은 지금 달라져 있었다.

자칫 말을 잘못하면 나 또한 목숨을 부지하지 못할 것만 같은 느낌이 들었다.

"제가 이곳에서 어려움에 처해 있던 김만철이라는 사람을 도운 적이 있습니다. 아마도 그 때문인지 소냐 양을 저와 관계된 사람인 줄 알고서……. 한데 뒤에서 접촉 사고를 낸 차량에 탔던 인물이……."

지금까지의 일을 블리노브치에게 이야기했다.

나는 이곳으로 오기 전에 호텔로 전화를 걸어 김만철을 피신시키라고 조상규 과장에게 말했다.

잘못하면 김만철의 목숨도 위험했다.

"스비냐(돼지, 더러운 놈)! 만약에 소냐가 돌아오지 않으면 모든 계약은 파기할 것이다! 그리고 그에 대한 대가를 치러야만 할 거다!"

블리노브치는 크게 소리치며 분노했다.

아마도 안동식을 향한 분노였다. 하지만 나에게도 경고를 보냈다.

안동식은 소녀가 누구의 딸이라는 것을 알고 있는 것 같았다.

안동식에게서는 아직까지 전화가 없었다.

블라디보스토크에서 가장 큰 영향력을 끼치고 있는 사람 중 하나인 블리노브치의 딸을 모르고 있는 러시아인은 드물었다.

더구나 5개월 넘게 이곳에서 김만철을 쫓기 위해 생활한 안동식 또한 블리노브치의 딸 소냐를 알고 있었다.

안동식은 김만철의 행적을 쫓기 위해서 나를 미행한 것 같았다.

그때 급하게 한 사내가 방으로 들어왔다.

"차량을 찾아냈습니다. 카잔 놈들이 연루된 것 같습니다."

카잔은 블리노브치와 항구 항만권을 놓고 경쟁을 벌이고 있는 조직이었다.

위세가 비등하던 카잔은 블리노브치의 파상공세에 지금은 세력이 삼분의 일로 줄어든 상태였다.

"이놈들이 끝까지 발악을 하는구나. 소냐의 소재는?"

블리노브치의 눈꼬리가 바르르 떨렸다.

"아가씨의 위치는 아직까지 찾지 못했습니다."

블리노브치의 눈치를 보며 말하는 사내의 목소리에 힘이 없었다.

"소냐를 빨리 찾아! 카잔 놈들도 찾아서 모조리 죽여 버려!"

블리노브치는 이성을 잃어버릴 정도로 분노하고 있었다.

"알겠습니다."

사내는 들어온 것보다 더 빠르게 회의실을 나갔다. 더 있어봤자 좋을 게 없었다.

"죄송합니다. 저 때문에."

김만철과 연관된 일이기에 일말의 책임이 있었다.

"죄송하다고 해서 끝날 문제가 아니지. 소냐가 돌아오지 못하면 자네도 결코 무사하지 못해."

조용히 말하는 블리노브치의 말이 더 무섭게 들렸다. 그는 헛말을 하는 인물이 아니었다.

블리노브치의 휘하에는 2백 명이 넘는 부하가 있었다.

극동에서 제일 잘 갖추어진 조직이었다.

정치인과 군 장성들의 비호 아래 블리노브치는 점점 세력을 넓혀가고 있었다.

아마도 소비에트연방이 붕괴되면 그는 더 큰 조직을 갖추게 될 것이 분명했다.

1992년을 기점으로 러시아 마피아는 폭발적으로 늘어나 1995년에는 32만 명에 8천 개 조직으로 증가했다.

'후! 어떻게 해야 하지?'

머릿속에서 해답을 찾기가 쉽지 않았다.

지금은 어떤 말을 해도 블리노브치의 분노를 잠재울 수 없었다.

오로지 소냐가 안전하게 집으로 돌아오는 것이 그 해답일 뿐이다.

회의실의 무거운 공기는 초조함 때문인지 끈적끈적하고 눅눅한 느낌으로 다가왔다.

회의실에 걸려 있는 시계의 초침이 너무나 더디게 움직이고 있었다.

억겁처럼 느껴지던 침묵을 깨는 소리가 회의실에 울렸다.

따르릉! 따르릉!

"여보세요?"

블리노브치가 침착한 어조로 전화를 받았다.

─김만철을 넘기면 댁의 따님을 무사히 보내드리겠소이다. 20시까지 선착장 동편에 있는 21호 창고로 데리고 오시오. 허튼짓을 하면 소냐는 영원히 볼 수 없을 것이오.

딸깍!

목소리의 주인공은 안동식이었다.

그는 자신이 전할 말만 하고는 전화를 바로 끊었다.

"들었겠지? 안동식이 맞나?"

나는 고개를 끄떡였다.

안동식은 러시아어를 사용했지만 북한 사람 특유의 억양이 들어 있었다.

"그럼 김만철을 데리고 와라."

나 또한 수화기 너머로 전해진 안동식의 목소리를 들었다.

블리노브치가 전화를 받을 때 블리노브치의 부하가 내 귀에도 연결된 전화기를 갖다 대었다.

"저도 김만철이 지금 어디에 있는지 모릅니다. 제가 직접 창고로 가겠습니다. 문제가 생기면 저의 생사는 블리노브치 씨에게 맡기겠습니다."

내 말은 거짓이 아니었다.

김만철이 어디 있는지는 현재 몰랐다.

호텔에 머물고 잇는 김만철에게 떠나라고만 했지 그가 어디로 가는지는 묻지 않았다.

목숨이 달린 일이었지만 왠지 담담했다.

죽음의 고비를 여러 번 넘겨서 그런지 큰일을 당해도 크게 당황하지 않았다.

"후후! 내 딸은 자네의 목숨과는 비교할 수도 없는 존재야."

"지금은 방법이 없습니다. 제가 김만철로 변장한다면 안동식도 쉽게 알아보기 힘들 것입니다. 그를 잡아야 소냐 씨의 소재를 알 것 아닙니까."

김만철이 입은 누더기 같은 옷에 그처럼 머리를 산발한다면 바로 알아보지는 못할 것이 분명했다.

시간을 벌거나 안동식을 붙잡아야만 했다.

"음, 그것도 말이 되긴 하겠군. 북한대사에게 연락을 넣어라. 안동식이 소냐를 죽인다면 북한인 천 명을 죽이겠다고."

그의 말은 단순한 거짓이 아닌 것 같았다.

블리노브치의 말에 회의실에 있던 사내가 수화기를 들었다.

블리노브치는 북한대사와 안면이 있는 것 같았다.

*　　　*　　　*

안동식이 말한 창고는 선착장에서 가장 안쪽에 위치한 창고였다.

나는 김만철이 입은 옷차림과 비슷한 형태와 머리 스타

일을 한 채 선착장으로 들어서고 있었다.

그 뒤로 40명의 블리노브치의 부하와 북한대사관에서 보낸 다섯 명의 인물이 무표정한 얼굴로 서 있었다.

북한대사관에서 보낸 인물들은 안동식을 잡기 위해 보낸 인물들이었다.

이들은 평양시 순안구역에 위치한 '130연락소' 출신이다.

130연락소는 대호로도 불리고 있는 간첩교육기관이었다.

여기에는 공작원반과 전투원반으로 구분되어 있는데 격술에 대해 오랜 역사를 지닌 격술집단이다.

남한뿐만 아니라 제3국에 파견할 공작원이나 전투원을 양성하고 있고, 기본 교육 중 하나가 격술이다.

공작원들은 주로 정보 수집 요령과 분석, 종합, 판단 능력을 위주로 한다면 전투원들은 밀로개척, 침투, 테러, 암살, 폭파 등 액션적인 능력이 주가 되기 때문에 격술 훈련의 비중은 더욱 컸다.

이들의 격술 내용은 주로 차력과 기공술이 주를 이룬다.

서로 이마를 마주하고 서서 양끝이 뾰족한 철근을 양미간 사이에 마주대고 순간적으로 철근을 휘게 하는 훈련, 이빨로 밧줄을 물고 10톤 화물차를 끄는 방법, 배 위에 널빤

지를 놓고 20통 화물차가 지나가게 하는 등의 훈련이 이루어진다.

다섯 명 모두 130연락소 전투반원 출신이다.

130연락소는 안동식이 훈련을 받은 인민보안성 정치대학 59호 격술연구소와 쌍벽을 이루는 곳이다.

안동식은 이미 북한 쪽에서도 체포 명령이 떨어진 상태였다.

*   *   *

블리노브치는 안동식을 잡기 위해 백오십여 명이 넘는 조직원을 동원하여 선착장을 포위한 상태였다.

또한 그의 부탁으로 경찰은 일체 관여하지 않기로 되어있었다.

해상에도 해군의 초계경비함 두 척이 대기 중이었다.

안동식이 바다로 도망가지 못하기 위한 조치였다.

블라디보스토크에서 블리노브치의 영향력을 볼 수 있는 광경이다.

블리노브치의 부하 세 명이 나를 데리고 창고로 향했다.

그 순간을 기점으로 북한인 다섯 명이 비호처럼 어둠 속으로 사라졌다.

내 손목에는 수갑이 채워져 있다. 물론 잠겨 있지 않은 수갑이다.

창고를 비추고 있는 등 하나가 곧 꺼져 버릴 것처럼 깜박거리고 있었다.

주변은 불길한 기분이 들 정도로 고요했다.

창고 정문은 잠겨 있었고, 옆에 난 작은 문을 통해서 안으로 들어갈 수 있었다.

200평 부지에 세워진 창고 안은 넓었고, 여러 가지 물건으로 가득 차 있었다.

창고는 몇 개의 불만 켜져 있었다. 넓은 창고를 밝히기에는 부족했다.

창고는 사람의 얼굴을 간신히 알아볼 정도로 어두웠다.

아마도 창고 안에 설치된 등을 일부러 빼놓은 것 같았다.

그때였다.

가운데 전등 하나가 켜지면서 목소리가 들려왔다.

"거기에 멈춰라!"

뒤쪽의 상자가 쌓여 있는 곳에서 안동식이 모습을 드러냈다.

"네가 원하는 김만철을 데리고 왔다. 소냐 아가씨는 어디 있나?"

안동식의 손이 창고 천장을 가리켰다. 소냐는 천장에 밧

줄로 매달려 있었다.

입과 눈이 가려져 있고 손과 발은 묶여 있다.

살짝살짝 몸을 꿈틀대고 있는 것으로 보아서 죽은 것은 아니었다.

나는 고개를 푹 숙인 채 기회를 엿보고 있었다. 창고로 들어올 때부터 다리를 절면서 걸었다.

김만철은 안동식과 싸움으로 인해서 다리에 부상을 입었다.

그 때문인지 안동식은 나를 김만철로 보고 있는 것 같았다.

"놈을 놔두고 가라. 그리고 정확히 5분 후에 창고로 다시 들어와라."

"말이 틀리잖아! 바로 아가씨를 풀어줘라!"

블리노브치의 행동대장 노릇을 하는 치레코바의 말이다.

"약속은 지킨다. 그리고 내가 말한 말을 어기면 네 아가씨는 형체를 알아볼 수 없을 것이다."

안동식이 손에 쥐고 있는 것을 들어 올렸다

그것은 폭발물을 터뜨리기 위한 무선 리모컨이었다. 아마도 소녀의 몸에 폭탄을 장착한 것 같았다.

"그럼 너도 무사하지 못해!"

"하하하! 내가 무사히 빠져나가기 위한 방법이지. 다시 말하지 않겠다. 김만철을 두고 떠나라."

안동식의 말에 치레코바는 어쩔 수가 없었다. 소녀의 목숨을 걸고 도박을 할 수는 없었다.

치레코바와 두 사내가 창고를 떠났다.

나는 고개를 숙인 채 말을 꺼내지 않았다.

내가 서 있는 곳에 전등이 하나 켜져 있지만 그래도 창고는 어두웠다.

안동식도 창고를 어둡게 한 이유가 자신의 퇴로를 위해서인 것 같았다.

어둠 속에서는 특수훈련을 받아온 안동식을 쉽게 추적할 수가 없었다.

"앞으로 오라우!"

안동식의 말에 쩔뚝거리며 한 걸음 한 걸음 느리게 움직였다.

지금쯤 창고로 들어오기 전에 보았던 북한인들이 주변에서 기회를 엿보고 있을 것이다.

그때였다.

쾅! 콰쾅!

탕탕!

드르르!

창고 밖에서 폭발음과 총소리가 요란하게 들려왔다.

"낄낄낄! 호랑이가 제 발로 함정에 빠져들었어."

안동식은 이미 알고 있다는 말투다.

창고를 포위하기 위해 다가오던 블리노브치의 부하들이 습격을 받은 것이다.

습격은 항구만이 아니었다.

블리노브치가 기거하는 저택과 그가 수입한 제품들이 보관되어 있는 창고들도 동시다발적으로 습격을 당하고 있었다.

안동식을 잡기 위해 항구의 창고에 대다수의 조직원이 집결된 상황이다.

그러다 보니 평소보다도 저택과 창고의 경비 인력들이 줄어든 상태였다.

'이대로 있다가는 모두 당한다.'

호주머니 속 수리검을 만지며 기회를 엿보았다.

해당화가 외국으로 떠날 때 내게 준 것을 만약을 대비해 간직하고 있었다.

수리검을 던지는 연습을 꾸준히 해왔다. 그 결과가 김만철을 구했을 때에도 나타났다.

타탕!

드르륵!

총소리가 점점 창고 쪽으로 옮겨오는 것만 같았다.

그 때문인지 순간 안동식의 시선이 창고에 나 있는 창문 쪽으로 향했다.

수갑은 이미 풀어진 상태였다.

'실수하면 끝이다.'

단 한 번의 기회였다.

손에 잡힌 수리검을 재빠르게 안동식을 향해 던졌다.

내 움직임에 시선이 나를 향했지만 이미 피하기는 늦은 감이 있었다.

하나! 안동식은 동물적인 감각으로 위험을 감지했다. 몸을 옆으로 회전시켜 수리검을 피했다.

텅!

수리검이 창고의 벽에 부닥칠 때에 안동식이 손에 쥐고 있던 리모컨도 바닥으로 떨어져 내렸다.

탁!

안동식이 수리검을 피할 때 옆에 쌓아놓은 상자와 손이 부딪친 결과였다.

"이 새끼! 김만철이 아니었군!"

슝! 슝!

안동식은 허리춤에서 꺼낸 소음기가 달린 권총을 나에게 쏘기 시작했다.

몸을 옆으로 날려 날아오는 총알을 피했다.

창고에는 그나마 쌓아놓은 상자가 많아 몸을 숨길 수가 있었다.

퍽!

고개를 옆으로 내미는 순간 총알이 날아와 박혔다. 앞쪽으로 안동식이 놓친 리모컨이 보였다.

안동식보다 먼저 리모컨을 줍지 않으면 소냐가 위험했다.

기다리고 있는 북한인들은 모습을 드러내지 않고 있었다.

아마도 밖에서 벌어지는 싸움에 휘말린 것 같았다.

"쥐새끼 같은 놈! 널 반드시 죽이고 떠나야겠어!"

하지만 안동식도 쉽사리 내 쪽으로 오지 못했다. 내가 던진 수리검을 보았기 때문이다.

사실 지금 가지고 있는 수리검은 그게 전부였다.

러시아에 와서 이런 싸움에 휘말릴 거라고는 전혀 생각지 못했기 때문에 더는 가져오지 않았다.

안동식에게 던진 수리검도 장식용으로 핸드폰에 부착해 놓았던 것이다.

무기가 될 만한 것을 찾아보았지만 눈에 들어오는 것이 없었다.

그때 천장에서 먼지가 떨어졌다.

눈이 저절로 위로 향했다. 검은 옷을 입은 인물이 천장 사이를 오가고 있었다.

검은 옷을 입은 인물은 창고로 오기 전에 보았던 북한인 중에 하나였다.

온통 검은 옷을 입고 있어 흰 눈동자만 보였다.

그 고양이처럼 살금살금 철골 구조물을 밟으며 안동식 쪽으로 향하고 있었다.

그를 충분히 쏘아서 맞힐 수 있는 거리였지만, 생포하기 위해서인지 조용히 움직였다.

그가 창고로 침입한 사실을 전혀 알아채지 못했다.

고개를 살짝 들어 안동식을 살펴보았다.

'어!'

보이지가 않았다.

분명 앞쪽에서 나에게 소음기가 부착된 권총을 겨누고 있었다.

눈앞에서 사라진 안동식을 찾아야만 했다.

그때였다.

슝!

작은 발사음이 들렸다.

쿵!

그리고 무언가 떨어지는 소리가 들렸다.

'당했구나.'

방금 철골 구조를 밟으며 지나간 북한인이 분명했다.

안동식도 북한인을 발견한 것 같았다.

위치를 이동해야만 했다.

왼쪽으로 돌아서 리모컨이 떨어진 근처 가까이로 조심스
럽게 이동했다.

리모컨까지는 5m 거리였다.

안동식은 이전처럼 소리를 지르며 자신의 위치를 드러내
지 않았다.

어딘가에서 먹잇감을 숨죽이며 기다리는 표범처럼 나를
지켜보고 있는 것만 같았다.

2분 정도 지켜보다 리모컨이 떨어진 곳으로 조심스럽게
접근했다.

손을 뻗으면 바로 잡을 수 있는 거리였다.

그 순간,

슝! 팅!

바로 옆에서 불꽃이 피며 총알이 튕겨나갔다.

"헉!"

내 입에서는 절로 헛바람 소리가 나오는 동시에 반사적
으로 몸을 날렸다.

퍽!

또다시 몸을 피하는 곳 앞쪽으로 총알이 날아와 박혔다.

이건 검은 모자 차태석과 흑천의 도운과 싸우던 상황과는 차원이 달랐다.

주먹과 발로 싸우는 것이 아니다. 아차 하는 순간 목숨을 잃을 수도 있었다.

안동식이 어디서 총을 쏘는지 알 수가 없었다.

은폐물을 찾아 두 걸음 움직일 때, 발걸음을 막아서는 물체가 있었다.

"이런!"

순간 나도 모르게 놀란 음성을 뱉어냈다.

바로 눈앞에는 안동식에게 당한 북한인이 눈을 부릅뜬 채 기름통 위에 걸쳐져 있었다.

그는 이미 숨이 끊어진 상태였다.

그리고 기름통 옆에는 북한인이 가지고 있던 권총이 떨어져 있었다.

생각할 새도 없이 권총을 집어 들었다. 지금은 생과 사의 갈림길에 서 있다.

총을 쏴본 지가 한참 전이다. 더구나 권총을 쏴본 적이 군대 이후로는 없었다.

권총은 북한군의 주력 권총인 68식이었다.

소련의 TT—33 토카레프를 카피 개량하여 생산된 권총이다.

묵직한 권총이 손에 들리자 조금은 안심이 되었다.

그때였다.

쨍그랑!

피시시!

유리창이 깨지는 소리와 함께 연막탄이 연달아 떨어졌다.

창고는 한순간에 연기로 가득 찼다.

누가 연막탄을 창고 안으로 던졌는지 알 수가 없었다.

매캐한 연기로 가득 찬 창고는 서너 걸음 앞을 분간하기 힘들 정도였다.

잘못하면 내가 안동식으로 오인되어 총에 맞을 수도 있는 상황이다.

'리모컨을 손에 넣어야 해.'

소냐가 무사히 구출되려면 리모컨이 필요했다.

바지주머니에서 손수건을 꺼내 입과 코를 막은 채 기억을 더듬으며 리모컨이 떨어진 장소로 다시 돌아갔다.

그 순간 오른쪽에서 움직이는 소리가 들려왔다.

누군가 창고 안으로 들어온 것 같았다.

조심스럽게 손을 짚어가며 나가는 순간 연기가 흩어지며 무언가가 정면으로 날아왔다.

그것이 무엇인지 확인할 사이도 없이 몸을 비틀어 간신히 피했다.

전나무 숲을 빠져나가며 한 훈련이 아니었다면 피할 수 없는 상황이었다.

문제는 거기서 그치지 않았다.

연속해서 몸을 향해서 날아오는 것은 주먹과 발이었다.

그 때문에 손에 쥔 권총을 놓치고 말았다.

연기 속에서 모습을 드러낸 인물은 방독면을 쓴 북한인이었다.

그는 나를 안동식으로 오인한 것 같았다.

연기가 빠져나가지 않은 상태라 상대방을 확인하기가 쉽지 않았다.

분명 그는 창고에 들어오기 전 나를 보았지만 내가 자신을 상대할 만한 무술 실력을 갖추었다는 것을 몰랐다. 더구나 나는 권총을 들고 있었다.

사물을 분간하기 힘든 연기가 아군을 적으로 오인하는 결과로 이어졌다.

또한 연속된 공격을 내가 자연스럽게 피해내자 그는 나를 안동식으로 확신하는 것 같았다.

쿵!

말을 할 기회조차 없을 정도로 그는 나를 몰아붙였다.

북한의 격투술인 격술은 쉴 틈을 주지 않고 적을 몰아붙이는 것이 특징이기도 했다.

나는 반격을 할 상황이 아니었다.

더구나 코와 입으로 연막탄 연기가 흡입되자 눈이 너무 매웠다.

그 때문에 눈을 제대로 뜰 수가 없었다.

"잠깐만! 난 안동식… 이런!"

휘익!

내 말에 날아온 것은 대답 대신 매서운 발길질이었다.

뒤로 피하려는 순간 바닥에 떨어진 이물질 때문에 미끄러지고 말았다.

쾅!

그 때문에 내 대신 생선 기름을 보관하던 철제 통이 대신 발길질에 당했다.

철제 통은 종이가 구겨지듯이 흉하게 찌그러졌다.

바닥에 생선 기름이 흐르자 바로 일어서기도 힘들었다.

북한인은 어느 순간 허리춤에서 꺼낸 총을 내게 겨누고 있었다.

그가 바닥에 떨어진 총을 가리키며 무어라고 말을 했지만 방독면 때문에 제대로 들리지가 않았다.

멀뚱히 그를 바라보는 순간 권총 방아쇠에 걸쳐진 손가

락이 뒤로 꺾이고 있었다.

"어! 어!"

그 모습에 너무 놀란 나머지 내 입에서 나오는 말은 신음성이었다.

절체절명(絶體絶命)의 순간,

나는 나도 모르게 눈을 감았다.

그때였다.

퍽!

박이 깨지는 듯한 소리와 함께 북한인의 방독면이 피로 물들었다.

쿵!

그리고 그대로 앞쪽으로 고목나무가 쓰러지듯이 넘어갔다.

쓰러진 북한인을 가로질러 나타난 인물은 다름 아닌 안동식이었다.

아이러니하게도 안동식 때문에 목숨을 구한 상황이 되었다.

"감히 나를 속여! 내 분명히 두 번째는 그냥 보내지 않겠다고 했지비."

안동식은 내가 김만철이 아니란 것을 확실하게 알아챘다.

설상가상(雪上加霜)이었다.

오해로 인해서 나를 죽이려 하던 북한인이 안동식에 총에 맞아 쓰러졌지만, 안동식 또한 나를 가만두질 않을 표정이다.

"일어나라우!"

안동식의 말에 따를 수밖에 없었다.

창고에 들어오기 전에 생각한 방향과는 너무나 다른 전개였다.

나의 역할은 단지 시간을 조금 끄는 것이었다.

나머지는 북한인들이 안동식을 알아서 처리하는 수순으로 말을 맞춰놓은 상태였다.

블리노브치 또한 북한인들의 실력을 믿었다.

하지만 지금 다섯 명의 북한인 중 둘이 안동식에게 당했다.

"나를 죽일 건가?"

솔직하게 물었다.

"나는 내가 뱉은 말은 지키는 사람이다."

안동식의 말투에서 나를 살려두지 않겠다는 의지를 보았다.

'이대로 끝낼 수는 없다.'

"나를 죽이면 김만철의 거처를 알지 못할 텐데?"

시간을 끌기 위해 말을 붙였다.

그리고 일부러 큰 소리를 냈다.

남아 있는 세 명의 북한인에게 위치를 알려주기 위해서였다.

죽은 두 북한인처럼 창고에 들어와 있을 수도 있었다.

"하하하! 김만철은 부처님 손안에 있는 손오공 같은 신세지비. 그놈이 갈 곳은 뻔해. 이제 그만 가라우."

안동식은 권총을 들어 내 머리에 겨냥했다.

"꿀꺽!"

극도의 긴장 때문인지 나도 모르게 침이 목구멍으로 넘어갔다.

그 소리가 귀청을 울릴 정도로 크게 들렸다.

더구나 얼굴에서 굵은 땀방울이 흘러내리는 소리까지 들릴 정도였다.

안동식이 권총을 들어 올리는 동작이 너무나 느리게 보였다.

'죽음이라……'

늘 마주하는 것처럼 죽음은 항상 내 주변을 맴도는 것 같았다.

일촉즉발!

싸늘한 웃음이 안동식의 입가에 피어오른 순간, 그의 뒤쪽에서 불꽃이 피어오르는 것이 똑똑하게 보였다.

삶과 죽음은 찰나였다.

너무 긴장해서인지 움직여야겠다는 생각이 머릿속에 전달되었지만 몸이 남의 몸처럼 말을 듣지 않았다.

안동식도 뭔가를 느낀 것 같았다.

아마도 커진 내 눈동자에 비친 불꽃을 보았을 수도 있었다.

내게 겨누어진 총이 뒤쪽으로 향하는 순간, 퍽 하는 소리와 함께 안동식의 몸이 휘청거렸다.

그와 동시에 내 어깨도 불에 달군 인두가 지진 것처럼 몹시 뜨거워졌다.

슝! 슝!

몸을 바닥에 눕는 순간에도 안동식은 총을 쏘았다.

"컥!"

그리고 들려오는 신음성이 있었다.

모든 것이 한순간에 벌어진 일이었다.

고통이 밀려오는 왼쪽 어깨에서는 피가 흘러내렸다.

고통이 느껴지자 꿈쩍도 할 수 없던 몸이 움직여졌다.

옆으로 미끄러지면서 바닥에 떨어진 권총을 손으로 잡았다.

안동식도 다시금 총구를 나에게 향하며 총을 쏘려고 하

는 찰나였다.

그의 오른쪽 가슴에서 피가 솟구치는 것이 보였다.

총을 쏘는 것은 안동식이 빨랐다.

반복된 훈련의 결과였다.

하지만 바닥에 쏟아진 생선 기름 때문에 내 몸은 더 빨리 바닥을 미끄러지며 움직이고 있었다.

간발의 차이로 바닥에 총알이 박히는 순간 나 또한 권총의 방아쇠를 당겼다.

탕! 탕!

연속된 발사음이 내 귀로 생생이 들려왔다.

첫 발은 안동식을 피해갔지만 두 번째는 그의 어깨를 맞추었다.

총을 쥐고 있는 오른쪽이다.

하지만 그는 보통 인물이 아니었다.

총을 맞은 순간에도 몸을 옆으로 굴려 내 시야에서 곧바로 사라졌다.

나 또한 은폐물을 찾아서 몸을 피했다. 그리고 바로 왼쪽 어깨를 살폈다.

다행히 총알이 스치고 지나간 것 같았다.

그때였다.

쾅!

"놈을 찾아라!"

폭발음이 들리면서 여러 사람이 창고로 들어오는 소리가 들렸다.

아미도 블리노브치의 부하들이 창고 안으로 들어오는 것 같았다.

약속한 시간이 지나면 그의 부하들이 움직이기로 했다.

창고 안에서 터진 연막탄도 이제는 거의 사라진 상태였다.

안동식이 피한 곳을 살펴보았지만 인기척이 느껴지지 않았다.

이미 몸을 피신한 것 같았다.

그때 앞쪽으로 안동식이 떨어뜨린 리모컨이 눈에 들어왔다.

이래저래 몸을 피신하는 상황에서 우연히 리모컨이 떨어진 곳까지 이동한 것이다.

나는 바로 리모컨을 주워 들었다.

그리고 적색 LED가 켜져 있는 리모컨을 스위치를 꺼버렸다.

가운데 버튼만 눌렀다면 소냐에 몸에 부착된 폭탄이 터졌을 것이다.

내가 있는 곳으로 자동화기로 무장한 블리노브치 부하들

이 접근했다.

"여기요!"

나는 손을 들어 천장을 가리키며 앞으로 나갔다.

나를 알아본 부하들이 내 손이 가리킨 천장을 올려다보았다.

그곳에는 소냐가 매달려 있었다.

"안동식이 아직 이 안에 있을 수도 있습니다."

내 말에 행동대장인 치레코바가 손짓하자 중화기로 무장한 일곱 명의 부하가 앞쪽으로 나아가며 수색을 벌였다.

하지만 안동식은 창고에서 사라지고 없었다.

안동식이 있던 자리에는 그가 흘린 것으로 추정되는 피만 보일 뿐이다.

그리고 창고 안에서 세 명의 북한인 시체가 발견되었다. 모두 안동식에 의해서 죽음을 당한 인물들이다.

나머지 두 명은 창고 밖에서 벌어진 총격전에 휘말려 부상을 당했다.

이래저래 북한 쪽의 손실이 상당했다.

저택을 습격당한 블리노브치 또한 무사했다. 그의 저택에는 대피소가 마련되어 있었다.

35㎝ 두께의 강철문으로 웬만한 폭발에도 견딜 수 있게 만들어졌다.

더구나 카잔의 세력이 약화되어 인원을 많이 동원하지 못한 것이 문제였다.

　저택을 습격한 인물들은 지원 병력이 도착하자 모두 사살되었다.

　하나 블리노브치의 부하들 또한 많이 희생되었다.

　다행히 소냐는 무사했다.

　크게 부상당한 곳은 없었지만 일단 안정을 위해서 병원에 입원했다.

　그녀를 구하기 위해 목숨을 잃은 뻔한 나는 블리노브치에게 인정을 받았다.

　어깨에 입은 총상과 안동식에게서 빼앗은 리모컨 덕분이었다.

　그것이 나의 모든 행동을 대변해 주었다.

　특수훈련을 받은 북한인 세 명이 죽어나간 창고에서 살아남은 나는 블리노브치 부하들에게도 인정받는 결과로 이어졌다.

　소냐는 나를 자신의 목숨을 구한 은인으로 생각하게 되었다.

　정신을 잃고 있던 그녀가 막 깨어난 순간이 내가 안동식에게 죽음이라는 선물을 선사받으려는 찰나였다.

　눈을 가린 안대가 벗겨진 소냐는 창고에 상황을 한눈에

볼 수 있는 위치에 있었다.

그녀가 입원한 병원을 방문한 블리노브치에게 모든 상황을 이야기해 주었다.

그 덕분에 나는 블리노브치에게 더욱 신임 받는 인물이 되었다.

Chapter 12

블리노브치의 창고들이 습격으로 많은 피해를 입었다.

하지만 그로 인해 카잔의 잔당을 소탕하는 결과로 이어졌다.

이제는 더 이상 블라디보스토크에서 블리노브치에게 대항할 만한 세력은 없었다.

만약 이번 습격에서 블리노브치가 죽었다면 결과는 달라졌을 것이다.

우리가 임대하려던 건물은 블리노브치가 거의 무상에 가까운 임대료로 20년 동안 장기 임대를 해주는 계약을 체결

했다.

나중에 건물을 원한다면 우선적으로 싼 가격에 매매해 주겠다는 약속도 포함되었다.

모든 것이 목숨을 걸고 소냐의 무사히 구출한 덕분이었다.

소냐는 삼 일 동안 입원한 후 퇴원했다.

그리고 그녀는 아버지인 블리노브치에게 안전한 곳에서 공부를 할 수 있게 해달라는 요구했다.

이번 납치와 습격에서 딸의 목숨과 자신의 목숨까지 위험해 처한 상황에 맞닥뜨리자 블리노브치도 생각을 달리했다.

블리노브치는 저택으로 나를 불렀다.

"한국의 치안 상태는 어떠한가?"

아이러니했다.

러시아의 치안을 엉망으로 만들어놓고 있는 것이 마피아이다.

그중에서 강력한 조직 중 하나로 떠오르고 있는 것이 블리노브치의 캅카스였다.

그러니 그런 그가 한국의 치안에 대해 묻는다는 게 의아했다.

하지만 마피아를 떠나 딸을 가진 아버지로서는 이해가

되었다.

"매우 안정적입니다. 늦은 밤이나 새벽에도 많은 사람이 돌아다닐 정도로 안전합니다."

내 말에 블리노브치는 고개를 끄떡였다.

"소냐가 다닐 만한 학교는 있나?"

"제가 알기로는 제가 다니고 있는 서울대학교와 모스크바국립대학이 올해부터 협력 관계를 맺은 것으로 압니다. 서울대학교는 모스크바국립대학교에 비견되는 학교입니다. 소냐는 교환학생으로 해서 공부를 할 수 있을 것입니다."

"그럼 말일세, 자네가 소냐를 좀 돌봐주면 안 되겠나? 그렇게만 해준다면 내가 자네 사업을 적극적으로 밀어주겠네. 자네도 알다시피 이 나라는 거친 면이 많아. 그래서 나 같은 협력자가 없다면 사업하기가 무척이나 어렵지."

충분히 경험했고 느낀 일이다.

소비에트연방의 붕괴로 혼란이 가중될 앞으로는 더욱 블리노브치가 필요했다.

'어떡해야 하나. 안 된다고 할 수도 없고…….'

하지만 쉽게 대답을 할 수가 없었다.

"난 말이야, 자네가 이 나라에서 크게 성공할 것이라고 믿고 있네. 나나 자네나 모스크바에 진출해야 되지 않겠나?"

다른 나라에 진출하면 어느 나라든지 그 나라의 수도에 입성해야만 한다.

러시아에서 성공하려면 당연히 모스크바에 진출해야 한다.

또한 대규모의 물자를 이동시키려면 러시아에서는 기차를 이용할 수밖에 없었다.

그 출발지가 블라디보스토크였다.

블라디보스토크를 완전히 장악한 블리노브치의 부탁을 차마 거절할 수가 없었다.

"알겠습니다. 소냐가 한국에 오면 제가 돕겠습니다."

"하하하! 잘 생각했네. 소냐도 크게 기뻐할 것이네."

블리노브치는 만족한 웃음을 토해냈다.

소냐로 인해서 이제는 그와의 협력 관계가 더욱 친밀해질 수밖에 없었다.

*　　　*　　　*

내가 모스크바를 방분하고 돌아오는 길에 소냐와 함께 한국에 입국하기로 했다.

그전에 소냐는 한국으로 들어갈 수 있는 준비를 갖추어 놓겠다고 했다.

나와 빅토르 최만 모스크바로 향했다.

조상규 과장은 블라디보스토크에 남아 판매소에 필요한 인력을 선발하고 매장을 꾸미기 위한 내부 수리를 감독하기로 했다.

한국말을 할 줄 아는 빅토르 최의 친구들이 조상규 과장을 돕고 있어서 크게 문제될 것은 없었다.

호텔에서 사라진 김만철은 모습을 볼 수가 없었다.

또한 안동식은 캅카스 조직과 북한 체포조의 추격을 받고 있었다.

중상을 입은 몸을 이끌고 사라진 안동식은 끝까지 추격하라는 명령이 양쪽에서 떨어진 상태였다.

예정보다도 블라디보스토크에 머문 시간이 길었다.

총알이 스치고 지나간 어깨 치료 때문에도 이틀을 더 소비했다.

비행기에 몸을 싣고 모스크바로 향했다. 비행기 좌석에 앉자마자 피로감이 밀려왔다.

일주일 동안 블라디보스토크에서 일어난 사건들은 내가 1년 동안 겪은 일들과 맞먹을 정도로의 피로감을 가중시켰다.

*　　　*　　　*

우리가 타고 가는 비행기는 소련에서 제작한 일류신 비행기였다.

여덟 시간의 비행 후에 우리는 모스크바 셰레메티예보 국제공항(Moskva Sheremetyevo International Airport)에 내렸다.

나는 비행하는 내내 잠에 취해 있었다.

모스크바 셰레메티예보 국제공항의 약칭은 SVO이다. 모스크바 시내에서 북서쪽으로 29㎞ 떨어져 있다.

모스크바의 관문으로 1959년 개항하였고, 첫 국제 비행은 1960년 6월 1일에 이루어졌다.

도모데도보 국제공항(Domodedovo International Airport)과 함께 러시아의 주요 국제공항이다.

피곤이 풀리지 않은 몸을 이끌고 항공기에서 내렸다.

환한 미소로 배웅해 주는 미모의 여승무원을 뒤로한 채 우리는 입국장으로 향했다.

입국장에는 호도르콥스키가 보낸 사람이 나와 있었다.

호도르콥스키는 판매장을 준비하고 있어 나오지 못했다고 말해주었다.

호도르콥스키 또한 한국에서 수입하는 물건들을 소매상에게 넘기지 않고 직접 판매하려고 준비 중이었다.

판매소를 만들어서 판매하는 것이 이윤이 크게 남았다.

호도르콥스키도 나와 같은 생각을 하고 있었다.

소련은 지금 생활에 필요한 물자와 식료품이 부족한 상태였다.

차를 타고 가는 동안 호도르콥스키가 보낸 일린이라는 인물은 고르바초프를 쉬지 않고 비판하고 있었다.

고르바초프가 펼치고 있는 개혁과 개방이라는 이름 아래 물가는 치솟고, 돈이 있어도 살 만한 물건이 없다고 한다.

이전에는 정부가 빵은 책임졌다고 떠들었다.

숙소로 정한 호텔에 도착하자 나는 일린에게 초코파이 한 상자를 주었다.

일린은 바로 초코파이 하나를 입에 넣었다.

일린의 얼굴에 바로 감출 수 없는 행복감이 피어올랐다.

"오! 정말 환상적이네요. 이 파이의 이름이 뭐죠?"

"초코파이라고 합니다."

"정말 맛있습니다. 어디서 살 수 있습니까? 이런 파이라면 내 월급을 몽땅 털어 넣어도 아깝지 않겠네요."

한 덩치 하는 일린의 손은 부지런히 초코파이를 까고 있었다.

"하하하! 아직은 쉽게 구할 수 없을 것입니다. 제가 선물용으로 한국에서 가져왔으니까요. 이것도 가져가서 먹어보세요. 뜨거운 물을 붓고 3분만 기다리면 됩니다."

나는 도시락라면 다섯 개를 챙겨주었다.

비행기에 싣는 짐이 한계가 있어서 많이 챙겨오지 못했다.

내일 화물 비행기를 통해서 선물로 가져온 물건들이 오기로 되어 있다.

"정말 고맙습니다. 제가 열심히 모스크바를 소개시켜 드리겠습니다."

일린은 모스크바에 머무는 내내 우리의 발이 되어줄 친구였다.

그의 나이는 28살이었다.

올 초 군대에서 나와 호도르콥스키 밑으로 들어온 친구였다.

순진한 얼굴을 한 모습과 달리 그는 소련이 자랑하는 특수부대인 스페츠나츠 출신이었다.

스페츠나츠는 러시아어로 '특수부대' 라는 뜻이다.

소련에서의 개혁은 군대에도 적용되고 있었다.

소련의 현 경제 상태로는 지금의 군사력을 이끌어갈 수

가 없었다.

일린 또한 군에서 펼치고 있는 국방 개혁의 일환으로 전역한 것이다.

"기대하겠습니다."

일린과 헤어진 우리는 예약된 방으로 향했다.

모스크바의 코스모스호텔은 블라디보스토크보다는 깨끗하고 시설이 더 좋았다.

창문을 열자 왼쪽으로 소련의 코스모스 인공위성 발사를 기념해서 세운 기념탑과 방송탑이 첫눈에 들어왔다.

앞쪽으로는 2차 세계대전 승리를 기념하는 전승기념문이 보였다.

"모스크바라……."

감회가 새로웠다.

눈앞에 보이는 전승기념문을 보는 순간 모스크바에서, 아니, 러시아 대륙 전체를 손아귀에 쥐고 싶은 욕구가 나도 모르게 꿈틀거리면서 일어났다.

처음 시작은 인생을 살면서 한 번도 해본 적이 없는 작은 성공을 위해서였다.

하지만 지금은 하나둘 회사가 세워지고 발전해 나가는 모습 속에서 한국을 벗어나 세계로 뻗어 나가고 싶은 욕심이 생겼다.

세계는 넓고 할 일은 많다는 말처럼 내게 주어진 일이 점점 많아지는 것을 느끼게 되었다.

*　　　*　　　*

다음 날 호도르콥스키가 직접 호텔로 찾아왔다.

"강 대표님, 정말 반갑습니다."

호도르콥스키는 영어로 나에게 인사를 건넸다.

"저 또한 다시 보게 되어 반갑습니다."

나는 러시아어로 답했다.

"허! 언제 우리나라 말을 익히셨습니까?"

호도르콥스키는 놀라는 모습이다.

"간단한 말만 할 수 있습니다. 이곳에 오려고 밤잠을 줄여가면서 공부했습니다."

나는 러시아어와 영어를 섞어서 말했다. 아직까지는 능숙하게 러시아어를 구사할 수는 없었다.

하지만 듣는 것은 대부분 알아들었다.

블라디보스토크에서도 시간이 날 때마다 빅토르 최에게 개인 강습을 받았다.

"하하하! 정말 대단하십니다. 발음이 아주 정확했습니다."

호도르콥스키는 엄지손가락을 치켜들며 말했다.

"점심을 드시지 않았다면 함께하시지요. 그리고 이쪽은 저희 블라디보스토크 지사를 담당하고 있는 빅토르 최입니다."

나는 빅토르 최를 호도르콥스키에 소개시켜 주었다.

빅토르 최와 인사를 나눈 호도르콥스키는 바로 질문을 던져왔다.

"언제 블라디보스토크에 지사를 세우셨습니까? 어느 회사지요?"

그가 한국을 방문했을 때에는 계획을 갖고 있지 않았다.

내가 운영하고 있는 회사가 여러 개라는 것을 알고 던진 질문이다.

"이곳 모스크바로 넘어오기 전에 만들었습니다. 소개시켜 주신 블리노브치 씨의 건물을 임대했습니다. 주력은 식품 회사입니다. 나머지는 차차 진행할 생각이고요."

모든 것을 다 호도르콥스키에게 이야기할 필요는 없었다.

어쩌면 그와 부딪쳐야 할 부분도 있었다.

호도르콥스키는 닉스와 명성전자에서 생산되는 제품을 수입하여 판매할 예정이다.

다음 주면 1차적으로 배에 선적된 물품들이 모스크바로 향할 것이다.

"아니, 식품 회사도 가지고 계셨습니까?"

식품 회사는 호도르콥스키는 전혀 알지 못하는 이야기다.

"예, 아는 분과 라면 공장을 함께 인수했습니다. 도시락이라는 즉석라면을 만드는 회사입니다. 회사명도 도시락이지요."

그에게 간단하게 설명해주었다.

"하하하! 대단하십니다. 정말이지, 제가 생각지도 못하는 일을 진행하시는 것 같습니다. 그러면 즉석라면을 우리나라에 수출하시는 것입니까?"

"예, 수출도 하고 직접 판매도 할 생각입니다. 차후의 일이지만 이곳에서 직접 생산할 수 있도록 공장 설립도 생각하고 있습니다."

"여어! 제가 그래도 다른 사람보다 앞서 간다는 생각을 줄곧 했었는데, 강 대표님에 비하면 저는 완전히 거북이입니다."

나의 말에 호도르콥스키는 탄성을 지르며 말했다.

야심 많은 그도 내가 즉석라면을 들고 러시아에 찾아오리라고는 생각지도 못한 것이다.

더구나 생산 공장을 설립하여 러시아 식품업계에 뛰어들 겠다는 이야기에는 깜짝 놀라는 표정이 역력했다.

"하하하! 아닙니다. 저도 거북이과에 가깝습니다. 너무 빨리 나가면 놓치는 게 많아서요."

"후우! 절 너무 놀리십니다. 하여간에 머무는 동안 즐거 운 시간 되십시오. 어제 만난 일린이 안내를 해줄 것입니 다. 자, 식사를 하면서 나머지 이야기를 나누시지요."

호도르콥스키가 안내하는 식당으로 향했다. 그가 지분을 갖고 있는 식당이었다.

붉은 광장에서 얼마 떨어지지 않은 곳에 위치해 있고, 소 련을 방문하는 관광객들과 정부 관료들이 자주 찾는 식당 이었다.

러시아의 전통 요리와 미국식 스테이크 요리도 팔고 있 었다.

식재료를 신선하고 좋은 것들만 사용하여 가격이 상당이 비싼 편이었다.

실내 장식도 유럽에서 들여온 고급 사치품들로 꾸며놓았 다.

호도르콥스키는 내가 생각한 것보다 빠르게 성장하고 있 었다.

그는 수완 좋게 유대계 러시아인들의 자금을 유치하고

있었다.

유대인은 세계 어디를 가나 상당한 자금을 소유하고 그 나라의 경제를 좌우하는 위치에 올라서 있다.

그러나 공산주의 체제인 소련에서는 그럴 수가 없었다.

하지만 유대인들은 작은 기회조차 놓치지 않았다.

어린 시절부터 남다른 교육을 받고 살아온 이들이기에 소련의 변화가 시작되는 짧은 순간에도 적지 않은 부를 손에 넣을 수 있었다.

"맛은 어떠세요?"

호도르콥스키가 물었다.

"정말 맛이 좋습니다."

그런대로 맛은 괜찮았다.

하지만 음식 가격을 생각해 보면 꽤나 비싸다는 생각이 들었다.

서울에서 이 정도의 음식을 먹는다면 3만 원 정도가 적당했다.

하지만 이곳에서는 70달러 이상을 줘야만 했다.

그때였다.

어디서 본 듯한 동양인이 여러 사람과 함께 식당 안으로 들어서고 있었다.

'누구지?'

바로 생각나지가 않았다.

하지만 분명 내가 아는 얼굴이다.

그는 일행과 함께 식당 안쪽에 위치한 룸으로 향했다.

"아는 사람입니까?"

내가 그쪽을 계속해서 쳐다보자 호도르콥스키가 물었다.

"아, 예. 분명 아는 사람인 것 같은데 생각나지가 않네요."

"그래요? 저 일행 중에 저도 아는 친구가 있는데, 한국에서 알아주는 기업에게서 한몫 챙기게 되었다고 말하더군요."

호도르콥스키의 말이 끝나자마자 룸을 향한 인물이 누구인지 생각났다.

그는 바로 신세계백화점 배기문 이사의 소개로 만난 장용성이었다.

소련의 모스크바에 다른 회사보다 앞서서 종합쇼핑몰을 세우기 위해서 바쁘게 움직이고 있었다.

종합쇼핑몰이 성공하면 신세계백화점 후계자 자리에 대해 그의 형인 장용준보다 한발 앞서는 결과를 가져올 수 있었다.

순간 호도르콥스키의 이야기 중에 '한몫'이라는 말이 걸렸다.

"한몫이라는 말이 무슨 의미죠?"

"이런 이야기를 하면 러시아인들을 어찌 볼지는 모르겠지만, 함께 들어간 한국 기업 관계자에게 정부 건물을 팔아먹으려고 계획을 하고 있는 것 같습니다."

호도르콥스키가 말하는 의미를 다는 이해할 수 없었다.

"정부 건물을 팔아먹는다는 말이 정확하게 이해가 안 되네요."

"한마디로 정부 관리와 짜고서 서류를 위조하는 겁니다."

"예, 그게 가능합니까?"

상식 밖의 대답에 다시 물었다.

"부끄러운 이야기지만 이 나라는 상식 밖의 일이 적지 않게 일어나고 있습니다. 그리고 이번 일에 마피아가 관련되었다는 소문이 있습니다."

"그러면 만약에 정부 건물을 구입하게 되면 어떻게 되는 것입니까?"

"글쎄요, 아마도 정부가 건물을 내어놓지 않겠지요. 제가 아는 상식선에서는 정부 소유의 건물을 민간업자에게 직접 매매하지 않습니다. 더구나 크렘린에서 얼마 떨어지지 않은 건물은 더 그러겠죠."

이제야 호도르콥스키의 말이 모두 이해되었다.

한마디로 마피아와 정부 관료가 한통속이 되어 신세계백화점에게 사기를 치려는 것이다.

거기에 장용성이 말려든 것 같았다.

실제로 소련과 수교를 한 후에 적지 않은 기업과 개인들이 교묘한 수법에 사기를 당했다.

다들 러시아에서 큰돈을 벌겠다는 생각만 앞서서 현지실정을 제대로 파악하지 않은 결과였다.

호도르콥스키의 말처럼 신세계백화점이 눈독을 드리는 건물은 크렘린에서 얼마 떨어지지 않은 8층짜리 건물들이었다.

위치상으로 볼 때에 쇼핑몰을 만든다면 최적의 위치였다.

관광과 교통, 그리고 수많은 사람이 오가는 장소라 모스크바에서도 손꼽히는 곳이었다.

신세계만 눈독을 드리는 것이 아니었다.

경쟁관계인 롯데에서도 그리고 현대백화점도 관심을 크게 보이고 있었다.

호도르콥스키가 말한 건물을 정말 얻을 수만 있다면 쇼핑센터나 백화점을 만들어도 성공할 수 있다는 생각이 들었다.

"강 대표님도 조심해야 합니다. 돈이 있다는 냄새를 풍기면 하이에나처럼 달려들어서 뼈까지 으깨 먹어버리는 놈들이 마피아 놈들이니까요. 물론 유통성 없이 꽉 막힌 정부 관료들도 한몫 거들고 있지만요. 그리고 혹시나 하는 마음에서 말씀드립니다만 이곳에서 마피아와 관련된 일에 함부로 나섰다가는 목숨을 부지하기 힘듭니다. 가족 일이 아니라면 모른 척하십시오."

내가 자꾸 룸에 눈길을 주자 호도르콥스키는 나를 염려해서 하는 말이었다.

고르바초프의 개혁개방정책도 경직된 공산주의 관료체계 때문에 계획했던 것보다도 더디게 진행되고 있었다.

"예, 알겠습니다."

대답은 했지만 마음에 자꾸 걸렸다.

'알려주어야 하나? 아니면 호도르콥스키 말처럼 그냥 모른 척해야 하나?'

머릿속이 순간 복잡해졌다.

더 이상은 마피아와 관계되고 싶은 생각은 없었다.

'그래, 잘하겠지. 배기문 이사도 철저히 현지조사를 통해서 진행하고 있다 했으니까.'

나서지 않을 생각이었다.

이미 이곳으로 오기 전 배기문에게 경고성 말을 적지 않게 했었다.

생각이 정리되자 앞으로 진행할 사업적인 계획들을 호도르콥스키와 이야기를 나누었다.

그와는 이곳 러시아에서 앞으로 많은 일을 해나가야 할 동반자였다.

Chapter 13

　호도르콥스키는 식사를 마치자마자 나를 이끌고 붉은 광장을 비롯하여 크렘린까지 직접 안내를 해주면서 관광을 시켜주었다.

　그의 호의는 덕분에 꼭 한번 보고 싶었던 곳과 장소들을 구경할 수 있었다.

　러시아의 상징인 붉은 광장은 모스크바 여행의 하이라이트다.

　길이 500m, 너비 120m의 붉은 광장에는 흔히 러시아의 상징으로 여기는 것이 모두 모여 있다.

붉은 광장은 크레물린 궁전의 동측으로 고대 슬라브어로 '아름다움'을 뜻한다.

이곳에서는 지금도 5월 메이데이 행사와 10월 혁명기념제가 열린다.

광장 남측에는 대통령 관저와 블라디미르 레닌의 미라가 보존되어 있는 레닌 묘가 있다.

광장 동쪽으로는 러시아 정교회 성당인 성바실리성당이 있는데, 테트리스 게임 배경화면으로 친숙하게 보던 성이다.

모스크바의 크렘린은 12세기에 목조 요새로 만들어졌다.

그러나 1382년 타타르족의 침입으로 모두 불타 버렸고, 15세기에 이반 3세가 이탈리아의 건축가들을 불러 러시아 전국을 둘러보고 러시아의 건축 양식으로 짓게 한 것이 바로 오늘날의 크렘린이다.

성곽과 내부 주요 건물들은 백여 년에 걸쳐 복원되었으며, 스무 개의 크고 작은 고딕 양식 탑, 바로크와 로코코 양식을 대표하는 네 개의 대성당과 성벽 등으로 이루어져 있다.

관광을 마치고 곧장 호텔로 돌아왔다.

빅토르 최는 자신의 친구들을 만나기 위해 중간에 내렸다.

모스크바에도 판매소를 설치하려면 러시아어와 한국말을 할 줄 아는 인원들이 필요했다.

모스크바와 블라디보스토크 이 2개의 도시를 거점 삼아 러시아를 공략할 생각이었다.

호텔로 돌아와 샤워를 하기 위해 화장실 문을 잡는 순간 인기척이 느껴졌다.

'누가?

머릿속에 물음이 생길 때에 화장실 문이 열리며 곧장 주먹이 날아왔다.

머리를 재빨리 숙여 주먹을 피하는 순간, 얼굴을 향해 무릎이 빠르게 올라왔다.

전광석화 같은 연속된 공격이었다.

한데 무릎이 바로 코앞에서 멈추었다. 더 이상 공격 의사가 없어 보였다.

물론 무릎 공격을 막기 위해 내 손이 무릎 위에 올려져 있었다.

'왜지?

"역시, 보통이 아닙니다."

고개를 들어 목소리의 주인공을 확인했다.

놀랍게도 블라디보스토크에서 만났던 김만철이었다.

"아니! 어떻게?"

내 말에 김만철은 손을 들어 창문을 가리켰다. 문은 잠그고 나갔지만 창문은 열어 놓았었다.

김만철은 열어놓은 창문을 통해서 들어온 것이다.

내가 머물고 있는 호텔 층수는 7층이었다.

7층 높이를 창문을 통해서 누가 들어오리라고는 생각지도 못했었다.

더구나 코스모스호텔은 소련에서도 특급호텔에 속해 있는 곳이라 경비 인력도 많았다.

"정말이지 빈집털이 하시면 한몫 잡겠습니다."

"빈집털이라니요?"

김만철은 내 말을 이해하지 못하는 듯 반문했다.

"도둑질 말입니다."

"하하하! 죄송합니다. 다른 방법으로는 들어올 수가 없어서요."

김만철은 자신의 머리를 만지면서 크게 웃었다.

"제가 여기 있다는 것은 어떻게 아셨습니까?"

궁금했다.

"블라디보스토크에서 함께 계셨던 분께 물어봤습니다. 저 때문에 크게 낭패를 보았다는 것을 뒤 늦게 알고서 호텔로 찾아갔었습니다. 목숨을 구해주셨는데, 보답은 못할망정 오히려 위험에 처하게 만들었다는 게 너무나 죄송스러웠습니다. 다급한 마음에 바로 모스크바행 열차에 올라탔습니다."

김만철은 처음과 달리 나에게 존댓말을 하고 있었다.

"이미 지난 일입니다. 하여간에 무사하셔서 다행입니다. 식사는 하셨습니까?"

"아직 식전입니다."

쑥스러운 듯 말하는 김만철의 모습에서 달고 달은 모습은 없었다.

"식당으로 함께 가시죠. 이 호텔의 식당은 블라디보스토크보다는 괜찮게 음식이 나오더군요."

"매번 폐를 끼치기만 해서……"

김만철은 미안한 표정이 역력했다.

"하하하! 괜찮습니다. 언젠가는 제가 김만철 씨의 도움을 받게 되는 때가 오겠지요."

"정말 그렇게만 된다면 정말 좋겠습니다. 제가 할 줄 아는 거라고는 때리고 부시는 일들이라서."

김만철은 완곡하게 표현했지만 적진침투와 요인암살이 그의 주 종목이었다.

한때는 동부휴전선 일대를 제집 드나들듯이 한 적도 있다고 했다.

일반 사람들이 상상할 수 없는 극한의 훈련을 어린 시절부터 해온 인간병기였다.

눈으로 덮인 동토의 땅 시베리아나 사하라 사막 등, 어떠한 환경에 갖다 놓아도 살아남을 수 있게 훈련된 인물이 김만철이었다.

북한에서 영웅칭호까지 부여한 인물이기도 했다.

"그럼 잘됐네요. 제 보디가드 좀 해주세요. 생각보다 소련이 거친 곳이더군요. 제가 월급을 드릴 테니까요."

"아닙니다, 월급이라요. 그런 것 없어도 됩니다. 어느 누구라도 사장님의 몸에 손끝 하나 댈 수 없도록 만들겠습니다."

김만철은 자신이 뭔가를 할 수 있다는 것에 크게 만족하는 것 같았다.

"하하하! 아닙니다. 정식으로 저희 회사에 입사하시고요. 그 수고한 만큼 보수는 받아야 합니다. 이게 제 철칙입니다. 그게 싫으시면 제가 부탁을 할 수 없습니다."

솔직히 김만철의 말이 듬직하게 들리기는 했다.

안동식과 싸우는 모습에서 김만철이 정말 강한 인물이라는 것이 느껴졌었다.

"목숨을 구해주신 분이데, 제가 월급을 받으면 염치도 없지요. 그냥 먹여주고 재워만 주십시오."

"안됩니다. 먹여주고, 채워주고 월급도 드립니다. 그래야 동기부여도 생기고 열심히 일한 보람도 느끼는 것입니다. 돈이 전부가 아니지만, 그 돈으로 세상이 돌아가고 있습니다. 그러니 이제부터 제 말에 따라주세요. 그리고 사장보다 대표라고 호칭을 쓰시면 됩니다."

"알겠습니다, 강 대표님."

김만철은 나에게 고개를 숙이며 말했다.

"직급은 과장으로 시작하시죠. 앞으로 잘해봅시다, 김 과장님."

나는 손을 내밀어 악수를 청했다.

그런 내 손은 김만철은 강하게 잡았다. 그의 손에서 느껴져 오는 것은 강한 신뢰였다.

*   *   *

13개의 한국 기업이 소련에 투자를 하기 위해서 모스크바에 들어와 있었다.

우리가 묵고 있는 코스모스 호텔에도 5개의 한국 기업 투자조사단이 투숙하고 있었다.

한국은 지금 소비에트 연방에 대한 열풍이 불고 있었다.

기업들은 소련을 공략해서 그다음으로 동유럽까지 확대해 나가려는 계획을 갖고 있었다.

정부에서도 적극적으로 소련에 대한 투자를 권했기 때문에 기업들도 앞다투어 나서고 있었다.

　마치 금방이라도 노다지를 캐어낼 것 같은 분위기였다.

　언론들도 시베리아 개발과 연계된 자원개발을 통한다면 전적으로 중동에 의지하고 있는 석유 의존도를 대폭 낮출 수 있다고 보도했다.

　대규모의 투자가 들어가지 않고서도 충분한 이익을 바로 얻을 수 있다는 논조였다.

　언론과 정부가 함께 소련에 대한 투자를 홍보하는 꼴이었다.

　그러나 그 누구도 얼마 일어날 쿠데타로 인하여 발생하는 극심한 혼란을 전혀 예상하지 못하고 있었다.

　"오늘은 김 과장님과 함께 호도르콥스키가 소개해 준 건물을 살펴보려고 하니, 빅토르 최는 건물 주소에 나와는 소유주를 확인해 보라고."

　호텔 식당에서 아침식사를 하면서 일정을 체크했다.

　모스크바에서도 판매소를 설치할 생각이다.

　도시락의 지사를 모스크바와 블라디보스토크 양쪽에 다 두기로 결정했다.

　"알겠습니다. 그리고 제가 만났던 친구 중 세 명이 도시락에 입사하고 싶다는 연락이 왔습니다."

모스크바지사에 근무할 친구들이 필요했다.

"그러면 면접 날짜를 내일 바로 잡지요."

"예, 그러면 제가 연락을 취해놓겠습니다."

빅토르 최는 꽤나 열심히 일을 하고 있었다.

자신이 정말로 원하는 일을 찾은 사람처럼 부지런히 움직였다.

*　　　*　　　*

김만철과 함께 찾은 건물은 모스크바 중심가인 아르바트 거리에 위치해 있었다.

아르바트는 다른 지역보다 다양한 상점들이 즐비하게 늘어서 있는 곳이었다. 호도르콥스키도 이 거리에 있는 건물에다가 판매장을 준비 중이었다.

아르바트 거리는 우리나라 대학로와 명동 같은 러시아 젊은이들의 거리이다.

이 거리는 초입에서 외무성 건물까지 약 2㎞ 정도였다.

거리가 생긴 것은 15세기이며 더 유명한 것은 러시아의 대문호 푸쉬킨이 이 거리 No.53 의 2층 집에서 살았기 때문이다.

옛날에 아르바트 거리는 귀족들의 저택이 한적하게 들어

서 있던 곳으로 러시아의 위대한 작가들이 어린 시절을 보내기도 한 곳이다.

주변으로는 각종 전문 직업인들이 모여들어 골목마다 목공골목, 대장간 골목, 과자와 빵 골목, 음식점 골목, 식탁보 골목 등의 이름이 붙여 있다.

아르바트 거리는 페레스트로이카의 물결이 가장 먼저 인 곳이자, 개혁과 개방의 거센 바람을 주도했던 곳이기도 하다.

모스크바 중앙에 자리 잡고 있는 이 거리는 러시아 젊은 이들의 혼이 숨 쉬는 곳이었다.

내가 얻으려고 하는 건물은 아르바트 거리에서 카페 거리 쪽으로 나가는 방향에 위치해 있었다.

그곳은 앞으로 노브이 아르바트 거리로 불리게 되는 곳이었다.

노브이는 우리나라 말로 새로운(신)이라는 뜻이었다.

이 노브이 아르바트 거리에는 앞으로 새롭게 만들어지는 러시아 회사들과 외국 회사들이 즐비하게 들어서는 곳이 된다.

더구나 이곳에는 소련 외무성이 자리 잡고 있다.

"조금만 손을 보면 쓸 만하겠는데."

한동안 빈 건물이었다.

5층 건물로 조금 낡아 보였지만 고풍스런 느낌에다 위치가 좋았다.

모스크바 거리를 누비는 지하철역에서도 얼마 떨어지지 않았다.

거기다 유동인구도 상당했다.

뒤쪽으로도 아파트들이 있어서 판매에는 별문제가 없을 것 같았다.

앞으로 급속하게 발전해 나가는 아르바트 거리를 생각한다면 임대하는 것보다는 아예 인수를 하는 게 더 좋을 것 같다는 생각이 들었다.

판매소와 모스크바지사가 입주하기에 이만한 건물이 없었다.

건물주는 호도르콥스키가 잘 알고 있는 러시아계 유대인이었다.

나는 곧장 근처에 살고 있는 건물주를 만났다.

건물주는 미화로 15만 달러를 받기 원했다.

소련의 루블화보다 달러로 받으면 20% 이상 이익이 더 발생했다.

엘리베이터도 고장 난 낡은 건물이라는 것이 내가 생각했던 것보다 적은 금액을 요구한 것이다.

하지만 내가 외국인이라는 이유 때문에 30% 정도 주변시

세보다 더 비싸게 불렀다.

"최대 13만 달러까지 드리겠습니다. 아니면 다른 건물을 구입하겠습니다."

"15만 달러 아니면 팔지 않겠소. 다른 건물들도 대부분이 가격보다 비싼 가격을 받고 있소."

건물주는 고집스런 모습을 보이는 60대 노인이었다.

나를 모스크바의 실정을 잘 알지 못한다는 외국인으로 보는 것 같았다.

"저희도 시세는 이미 알아보았습니다. 더구나 사용하지 않던 건물이어서 수리비용이 적지 않게 들어갑니다."

비슷한 가격의 건물들도 있었지만 지금 얻으려 하는 건물은 나중에 새로 증축하기가 용이했다.

건물이 들어선 땅도 다른 곳보다 넓었다.

"좋소, 그러면 14만 달러만 주시오. 이 금액이 아니라면 절대로 팔지 않을 것이오."

검은색 뿔테안경 뒤로 완고한 표정의 내보이며 말하는 노인이었다.

"제가 지불하는 돈은 루블화가 아닌 달러입니다. 달러를 루블화로 환전하면 어르신도 적지 않은 이익이 떨어지지 않습니까? 13만 달러면 아주 좋은 가격을 쳐드리는 것입니다."

내 말에 노인은 입술을 실룩거릴 뿐 바로 답을 하지 않았다. 내가 서툴고 어수룩한 인물이 아니라는 것을 느끼는 것 같았다.

그는 앞에 놓인 차를 몇 모금은 마신 후에 대답을 했다.

"음, 할 수 없군. 좋소. 그렇게 하도록 하십시오. 대신 확실하게 달러로 주어야 합니다. 달러로 이야기하다가 나중에 가서 루블화로 바꿔 버리는 놈들이 있어서."

"그건 염려하지 마십시오. 저도 건물 이전에 관련된 서류들과 관청에 신고를 확실하게 해주시길 바랍니다."

"물론이오. 우리 유대인들은 계약에 있어서는 신위와 약속을 절대로 저버리지 않소이다."

노인의 말은 틀린 말이 아니었다. 유대인은 돈과 관련된 일에서는 철저했다.

일차적으로 계약금 3만 달러를 내어주었다.

나머지 돈은 건물 이전이 모두 끝난 상태에서 지급하도록 했다.

블라디보스토크와 모스크바에 두 군데 모두 상당히 좋은 조건과 위치에 있는 건물을 얻게 되었다.

한국에서 생각했던 것보다 건물구입 비용이 상당히 적게 들어갔다.

앞으로 얼마나 많은 이익이 러시아에서 발생할지는 모르

지만 그 모든 이익은 도시락러시아지사에서 발생하는 것이
된다.

다시 말해 한국에 있는 도시락회사가 가져가는 것은 극
히 미비한 수준이었다.

러시아에 있는 지사들은 결국 내 개인 회사나 마찬가지
였다.

Chapter 14

  건물 매입이 결정되고 나자마자 나는 건물을 수리하는
건축업자를 수배했다.

  거기서 문제가 발생했다.

  소련이란 나라는 모든 게 한국처럼 일사불란하게 이루어
지지 않았다.

  더구나 한국의 기업들과 일본 기업들도 열풍처럼 모스크
바의 건물들을 사들여 리모델링하고 있었다.

  그러다 보니 건축업자들을 구하기도 싶지 않았지만 필요
한 공사 자재들도 공급이 원활하지가 않았다.

어렵게 구한 건축업자가 공사를 진행할 일꾼이 없다는 푸념을 했다.

"일한 사람이 없으니……"

이런 문제로 발목을 잡힐 것이라고 전혀 생각지도 못했다.

한국으로 돌아가기 전에 모든 일을 마무리해야만 했다.

그때 지켜보던 김만철이 아이디어 하나를 냈다.

모스크바에는 북한에서 파견한 인력이 적지 않았다.

대부분이 건설인력이라 바로 공사 현장에 투입할 수 있었다.

문제는 북한인들을 고용하려면 북한대사관을 방문해서 정식계약을 해야만 했다.

남한과 북한의 관계가 좋지 않을 때였다.

북한 자신의 맹방인 소련이 남한과 수교한 것에 대해서 맹렬히 비난을 퍼부었다.

또한 정부의 허락 없이 북한과 접촉한다는 것은 상당히 민감한 부분이었다. 잘못하면 법적으로도 제재를 받을 수 있었다. 한국에는 적성국가와 관련된 국가보안법이라는 법이 있었다.

"쉬운 문제가 아니네요. 북쪽의 인사를 잘못 만났다가 더 큰 문제가 발생할 수 있어서요."

내 말에 김만철이 다시금 해법을 제시했다.

"모르게 하면 됩니다. 남한대사관도 아직 자리를 제대로 잡지 않은 상태라서 모스크바에서 일어나는 일을 다 알지는 못합니다."

"그게 무슨 말이죠?"

김만철에게 다시 물었다.

"저를 아버지처럼 따르는 놈이 북한대사관에서 무관으로 근무하고 있습니다. 그놈에게 부탁하면 어렵지 않게 일이 해결될 수 있습니다. 정식 절차를 다 무시하고 하자는 거지요."

"그러다가 김 과장님이 위험해지는 것 아닙니까? 지금 김 과장님은 북쪽에서 수배된 인물이잖아요."

북한에서 전담 체포조까지 만들어져서 추적했던 인물이 김만철이었다.

"하하하! 괜찮습니다. 이놈은 믿어도 되는 놈입니다. 제가 모스크바에 온 이유도 이놈을 한번 만나 보려는 이유도 있었습니다. 이놈을 제가 두 번 정도 목숨을 구해주었습니다. 그때부터 제 말이라면 뭐가 되었든지 따릅니다. 그놈의 아버지도 군부에서 꽤나 힘을 쓰고 계십니다. 제가 사고를 일으켰을 때도 이놈이 저를 구명하려고 많이 노력했었습니다."

김만철은 자신 있게 말했다.

그의 말대로라면 문제될 것은 없어 보였지만 선 듯 내키지가 않았다.

하지만 지금 당장 공사를 해결할 방법이 없었다.

"그럼 이렇게 하죠. 이전 건물주가 고용하는 걸로."

내가 나설 수 없었다. 이래저래 문제를 만들길 원치 않았다.

"아! 그러면 더 쉬워지겠습니다. 그럼 허락하신 걸로 알고 연락을 취하겠습니다."

"예, 하지만 조심하셔야 합니다."

"걱정하지 마십시오. 절대로 대표님에게 피해가 가는 일은 일어나지 않을 것입니다."

김만철은 나에게 고개를 숙이며 호텔방을 나갔다.

김만철이 나가고 난 후에 나는 전 건물주에게 전화를 걸어서 사정을 이야기했다.

그는 내 말을 듣고는 흔쾌히 협조를 해주겠다는 말을 전했다. 잔금을 받으려면 공사가 완공되어 허가서가 나와야 했다.

"후우! 꼭 이 방법밖에는 없나."

시간이 많이 주어졌다면 이 방법이 아니더라도 해결 방법이 있었을 것이다.

그러기에는 소련에서의 일정이 너무 촉박했다.

*　　　　*　　　　*

김만철이 장담한 대로 공사에 필요한 일꾼들은 바로 다음 날 현장에 도착했다.

다들 공사현장에서만 10년 가까이 일을 해온 경험이 풍부한 일꾼들이었다.

모두 12명으로 공사를 진행하는 데 전혀 문제가 없는 인원이었다.

5층 건물 중에 1층과 2층은 판매소로, 그리고 3층은 창고 용도로 이용하고 나머지 층은 사무실과 직원들이 머물 수 있는 숙소로 사용하기로 했다.

건물의 면적은 정확하게 3,305평방미터(㎡)로 1,000평 규모였다.

뒤쪽으로 주차를 할 수 있는 100평 정도의 공간이 따로 있었다.

공사비는 6만 달러가 소요되었다.

건물을 고치는 비용치고는 꽤나 많이 나오는 비용이었다.

앞으로 6~7년은 건물을 문제없이 사용할 수 있게끔 하기 위해서였다.

공사현장은 빅토르 최와 김만철이 돌아가면서 감독을 맡았다.

나는 가급적 공사현장에 나가는 것을 피했다.

공사는 보름 동안 진행될 예정이었다.

그나마 북한 인력이 투입되어서 공사 기간이 많이 줄어든 상황이었다.

빅토르 최가 소개한 친구들은 면접을 통해서 모두 채용하기로 결정했다.

다들 똑똑하고 한국말에도 능통했다.

인원은 남자 둘에 여자 하나였다.

모두 고려인 3세였다.

입사를 축하할 겸 호도르콥스키와 함께 식사를 했던 음식점을 찾았다.

비싼 음식 값에도 항상 분비는 식당이었다.

김만철은 내가 가는 어디든지 항상 동행했다.

그는 어디서 구했는지 권총을 항시 휴대하고 다녔다.

더구나 그가 말한 북한대사관의 무관을 통해서 신분증도 구비한 상태였다.

북한은 김만철보다 블라디보스토크에서 특수임무무관 3명을 살해한 안동식를 잡기 위해 집중하고 있었다.

그 때문인지 김만철은 이전보다 움직임에 있어서 신경을 덜 쓰는 모습이었다.

그도 그럴 것이 맹렬하게 뒤를 그의 뒤를 쫓았던 안동식이 오히려 북한의 체포조에게 쫓기고 있기 때문이었다.

북한에서는 안동식을 잡기 위해 특수임무무관 십여 명을 블라디보스토크와 모스크바로 급파했다.

소련의 일반 서민들이 쉽게 접하지 못하는 가격의 음식들이라서인지 빅토르 최와 도시락에 새롭게 입사한 세 친구는 물론 김만철도 레스토랑의 음식에 대해 만족하는 모습이었다.

달라진 음식과 잠자리 때문인지 김만철은 정상적인 체중으로 돌아오는 중이었다.

즐겁게 이야기를 나누고 음식을 먹고 있을 때였다. 안쪽에서 고성이 오가며 다투는 소리가 들려왔다.

들려오는 말은 러시아어가 대부분이었지만 간간이 한국말도 섞여서 들려왔다.

문제는 귀로 전달되는 대부분의 한국말이 욕이었다.

"이것 누군지 몰라도 단단히 화가 난 모양입니다."

김만철의 말이었다.

나 또한 한국어가 들려오자 호기심이 일었다.

"그렇게 말입니다. 상당히 말이 격한데요."

내 말이 끝나자마자 또다시 격한 고성과 함께 욕이 튀어 나왔다.

이러다간 큰 싸움으로 이어질 것 같다는 생각이 들었다.

식당의 매니저로 보이는 인물이 급하게 고성이 들려오는 쪽으로 향했다.

우당탕탕!

쨍그랑!

아니나 다를까?

테이블이 넘어가는 소리와 함께 식기들이 땅으로 떨어지는 소리가 요란스럽게 들렸다.

그리고 바로

탕!

탕!

총소리가 요란스럽게 들려왔다.

"꺄아아아아!"

식당은 순식간에 여자들이 질러 대는 비명 소리와 함께 식당을 빠져나가려는 사람들로 혼란스러웠다.

사람들의 반응은 두 가지였다.

테이블 밑으로 들어가는 사람과 바로 식당을 탈출하는 사람이었다.

김만철은 바로 총을 꺼내어 주변을 경계하며 나를 경호

했다.

탕탕!

다시금 총소리가 들리며 한 인물이 어깨를 움켜잡으며 비틀거리면서 우리가 있는 쪽으로 걸어오고 있는 것이 보였다.

그 인물은 동양인이었다.

"아니! 저 사람은……."

그는 다름 아닌 신세계백화점의 후계자 중에 하나인 장용성이었다.

그가 왜 이곳에서 총을 맞게 되었는지 전혀 뜻밖의 일이었다.

『변혁 1990』8권에 계속…